華麗なる探偵アリス&ペンギン

ミステリアス・ナイト

南房秀久／著
あるや／イラスト

★小学館ジュニア文庫★

華麗《かれい》なる探偵《たんてい》 アリス&ペンギン

The excellent detectives Alice and Penguin

ミステリアス・ナイト

CONTENTS

もくじ

CHARACTERS

とうじょう人《じん》物《ぶつ》

夕星《ゆうずつ》アリス

中学《ちゅうがく》2年生《ねんせい》の女《おんな》の子《こ》。
お父《とう》さんの都合《つごう》で
ペンギンと同居《どうきょ》することに。
指輪《ゆびわ》の力《ちから》で鏡《かがみ》の国《くに》に入《はい》ると、
探偵助手《たんていじょしゅ》「アリス・リドル」に!

P《ピー》・P《ピー》・ジュニア

空中庭園《くうちゅうていえん》にある【ペンギン探偵社《たんていしゃ》】の探偵《たんてい》。
言葉《ことば》も話《はな》せるし、料理《りょうり》も得意《とくい》だぞ。

響《ひびき》 琉《る》生《い》

アリスのクラスメイトであり、
TV《テレビ》にも出演《しゅつえん》する
少年名探偵《しょうねんめいたんてい》シュヴァリエ。
アリス・リドルの
正体《しょうたい》に気《き》づいていない。

怪盗《かいとう》 赤《あか》ずきん

変装《へんそう》が得意《とくい》な怪盗《かいとう》。
可愛《かわい》い洋服《ようふく》が大好《だいす》き。
ジュニアには
いつも負《ま》けている。
相棒《あいぼう》はオオカミ!

赤妃《あかひ》リリカ

アリスのクラスメイト。
超絶《ちょうぜつ》セレブで
ハ〜リウッド・スターなので、
学校《がっこう》を休《やす》みがち。響琉生《ひびきるい》のことが大好《だいす》き。

白《しら》兎《と》計《けい》太《た》

アリスの隣《となり》の席《せき》。
数字《すうじ》と時計《とけい》が大好《だいす》き。
アリス・リドルの大《だい》ファンで、
ファンサイトを作《つく》っている。

ハンプティ・ダンプティ

鏡《かがみ》の世界《せかい》の仕立屋《したてや》。
アリスのための衣装《いしょう》を作《つく》ることを、
仕事《しごと》にしている。

ファイル・ナンバー0

消《き》えた着《き》ぐるみ

夕星《ゆうずつ》アリスはちょっと（かなり？）のんびりしていて、あまり（ぜんぜん？）目立《めだ》たない、ごくごく普通《ふつう》の中学《ちゅうがく》2年生《ねんせい》。

他《ほか》の中学生《ちゅうがくせい》と違《ちが》うところがあるとすれば、白瀬市《しらせし》に支社《ししゃ》がある『ペンギン探偵社《たんていしゃ》』で探《たん》偵見習《ていみなら》いをしていること。

そして、鏡《かがみ》の向《む》こうの世界《せかい》に飛《と》び込《こ》んで、もうひとりの自分《じぶん》、名探偵《めいたんてい》アリス・リドルに変身《へんしん》できることだ。

だけど。

金曜日《きんようび》の放課後《ほうかご》、そんなアリスが人生最大《じんせいさいだい》（から数《かぞ》えて5番目《ばんめ》ぐらい？）のピンチに立《た》たされていた。

ピンチの原因《げんいん》は、大富豪《だいふごう》の誘拐事件《ゆうかいじけん》でも、飛行機《ひこうき》の乗《の》っ取《と》り事件《じけん》でも、ましてや銀行強盗《ぎんこうごうとう》でも、放火事件《ほうかじけん》でもない。

宿題《しゅくだい》である。

国語《こくご》と数学《すうがく》、英語《えいご》の宿題《しゅくだい》がまとめて出《で》たのだ。

どの科目《かもく》も月曜《げつよう》までだというのだから、アリスでは間《ま》に合《あ》うはずもない。

何《なに》しろ、アリスはのんびり屋《や》。5問《もん》の計算問題《けいさんもんだい》を解《と》くのに、早《はや》くても3時間《じかん》はかかるのである。

(このままでは……探偵《たんてい》の仕事《しごと》に差《さ》し支《つか》えそうで……落《お》ち込《こ》む)

アリスはずるずると崩《くず》れ落《お》ちるようにうなだれながら、教科書《きょうかしょ》とノートをカバンに押《お》し込《こ》んでいた。

と、そこに——。

「どうしたの?」

明《あか》るい調子《ちょうし》で声《こえ》をかけてきたのは、前《まえ》の席《せき》に座《すわ》るクラスメート、響琉生《ひびきるい》だった。

琉生《るい》は成績優秀《せいせきゆうしゅう》でスポーツも万能《ばんのう》、クラスどころか学校《がっこう》で1番《ばん》の人気者《にんきもの》である。その上《うえ》、TV《テレビ》の推理《すいり》バラエティ番組《ばんぐみ》『ミステリー・プリンス』で、探偵《たんてい》シュヴァリエとしても活躍《かつやく》中《ちゅう》なのだ。

「……宿題《しゅくだい》が」

アリスはまともに琉生《るい》の目《め》を見《み》ることができず、少《すこ》しだけ顔《かお》を上《あ》げた。

「確《たし》かに今回《こんかい》はきついかもね。月曜《げつよう》までに4つ」

琉生《るい》は指《ゆび》を折《お》って数《かぞ》える。

「はひ？」

今日出《きょうで》た宿題《しゅくだい》は、3科目《かもく》だけのはずだ。

「4つ、ですか？」

「ほら、昨日出《きのうで》た、理科《りか》Iの宿題《しゅくだい》もあるから」

「………うわぉ」

理科《りか》Iのことをすっかり忘《わす》れていたアリスは、さらにズ～ンと暗《くら》くなり、机《つくえ》に突《つ》っ伏《ぷ》した。

「僕《ぼく》は昨日《きのう》のうちに、理科《りか》Ⅰは片《かた》づけちゃったけど――」

琉生《るい》は苦笑《くしょう》すると、ちょっとためらってからアリスに提案《ていあん》する。

「何《なん》なら、一緒《いっしょ》に勉強会《べんきょうかい》でもしようか？」

「……よろしいのでしょうか？」

自分《じぶん》などと勉強《べんきょう》しても、琉生《るい》には迷惑《めいわく》ではないかとアリスは不安《ふあん》になる。

「うん。今日《きょう》はこれから撮影《さつえい》があるけど……明日《あした》の午後《ごご》は空《あ》いてるよ」

琉生《るい》はスマートフォンでスケジュールを確認《かくにん》してから、笑顔《えがお》で頷《うなず》く。

すると。

「で、その勉強会《べんきょうかい》の場所《ばしょ》はどこですの!?」

教室《きょうしつ》の前《まえ》の方《ほう》から、アリスとは大違《おおちが》いの派手《はで》な感《かん》じの女《おんな》の子《こ》が走《はし》ってきて、ふたりの間《あいだ》に割《わ》り込《こ》むようにして尋《たず》ねた。

「……あの……赤妃《あかひ》さんも参加《さんか》の方向《ほうこう》で？」

何《なん》だか誘《さそ》わない訳《わけ》にはいかないような気《き》がして、アリスは尋《たず》ねた。

「もちろんですわ！　他《ほか》ならぬマイフッレ〜ンドのため！　この超絶《ちょうぜつ》ハ〜リィウッド・スターの赤妃《あかひ》リリカが、ダメダメっ子の庶民《しょみん》アリス、あなたの勉強《べんきょう》を手伝《てつだ》って差《さ》し上《あ》げますわよ！」

大企業《だいきぎょう》「赤妃《あかひ》グループ」の一人娘《ひとりむすめ》にして、ハリウッド映画《えいが》に何度《なんど》も出《で》ている大《だい》スター、赤妃《あかひ》リリカは恩着《おんき》せがましく高笑《たかわら》いした。

「で、本音《ほんね》は？」

隣《となり》の席《せき》の男《おとこ》の子《こ》、白兎計太《しらとけいた》が脇《わき》からひょいと身《み》を乗《の》り出《だ》し、リリカに聞《き》く。

「庶民《しょみん》アリスと響様《ひびきさま》をふたりきりにするなんて、コンゴ横断《おうだん》……ではなく、ワンコ怪談《かいだん》でもなく、戦後動乱《せんごどうらん》でもなく――」

「言語道断《ごんごどうだん》？」

と、計太《けいた》。

「そう、それ！　……って何《なに》を言《い》わすんですの、この生意気《なまいき》ウサギは！」

結局《けっきょく》。

リリカは計太《けいた》の両頬《りょうほお》をムギュウと押《お》さえつけた。

計太《けいた》も勉強会《べんきょうかい》に参加《さんか》することになり、一同《いちどう》は明日《あす》の午後《ごご》、『ペンギン探偵社《たんていしゃ》』に集合《しゅうごう》することが決定《けってい》した。


そして土曜日《どようび》。

『ペンギン探偵社《たんていしゃ》』の応接室《おうせつしつ》で、アリスたち（余裕《よゆう》の琉生《るい》を除《のぞ》く）は宿題《しゅくだい》と格闘《かくとう》していた。

「ここ、やり直《なお》しね。教科書《きょうかしょ》の42ページにヒントがあるよ」

アリスが開《ひら》いたノートの最初《さいしょ》の式《しき》を、琉生《るい》は指《ゆび》さしていた。

「42ページ、ということは――」

教科書《きょうかしょ》を実際《じっさい》に開《ひら》くまでもなかった。

アリスは一度目《いちどめ》にしたことを、決《けっ》して忘《わす》れることがないのだ。

たとえば――。

一度《いちど》入《はい》った部屋《へや》ならば、机《つくえ》の上《うえ》のペンが1ミリずれて置《お》かれていても気《き》がつくことができるし、道《みち》ですれ違《ちが》っただけの人《ひと》の顔《かお》や服装《ふくそう》もはっきりと記憶《きおく》できる。

もちろん、学校《がっこう》の教科書《きょうかしょ》だって完璧《かんぺき》に覚《おぼ》えている。

覚《おぼ》えてはいるのだが——。

（42ページに書《か》かれているこの謎《なぞ》の公式《こうしき》は、いったいどういう意味《いみ》なのでしょう？）

覚《おぼ》えていることと、理解《りかい》することはまったく別《べつ》。

アリスにとって数学《すうがく》の公式《こうしき》の証明《しょうめい》は、知《し》らない国《くに》の言葉《ことば》や暗号《あんごう》で書《か》かれた本《ほん》を読《よ》むのと同《おな》じだった。

「……で、そっちは？」

アリスが硬直《こうちょく》している間《あいだ》に、琉生《るい》はリリカの方《ほう》をのぞき込《こ》んだ。

「じゅ、順調《じゅんちょう》ですわよ！」

リリカは視線《しせん》を逸《そ》らした。

今《いま》、リリカが取《と》り組《く》んでいるのは国語《こくご》の問題《もんだい》。漢字《かんじ》の書《か》き取《と》りだ。

「……『樹木一発《ききいっぱつ》』は間違《まちが》い。『怨孤血針《おんこちしん》』も間違《まちが》い。『魚腐糊《ぎょふのり》』も、『洗剤位置宮《せんざいいちぐう》』も、『維新電信《いしんでんしん》』も。『苺射知恵《いちごいちえ》』って、正解《せいかい》よりこっちの方《ほう》が難《むずか》しくないかい？」

琉生《るい》は片《かた》っ端《ぱし》からダメ出《だ》しをしていくと、次《つぎ》に計太《けいた》の方《ほう》を見《み》る。

「ぼ、僕《ぼく》はいいですよ」

英作文《えいさくぶん》をしていた計太《けいた》はノートを隠《かく》そうとしたが、琉生《るい》はその手《て》をどけて答《こた》えを確認《かくにん》した。

「……がんばれ」

琉生《るい》は優《やさ》しく計太《けいた》の肩《かた》を叩《たた》く。

「ダメ出《だ》しされるよりキツいじゃないですか〜っ!?」

計太《けいた》は思《おも》わず涙目《なみだめ》になった。

「みんな――」

琉生《るい》は3人《にん》を見渡《みわた》す。

「分《わ》かっているのかな？　今《いま》の調子《ちょうし》じゃ全員《ぜんいん》、月曜《げつよう》までに半分《はんぶん》も宿題《しゅくだい》が終《お》わらないぞ」

普段《ふだん》はとても優《やさ》しいクラスメートの琉生《るい》だが、こういう時《とき》には結構《けっこう》きびしいのだ。

「探偵《たんてい》シュヴァリエ、先生気取《せんせいきど》りも構《かま》いませんが、そろそろ休憩《きゅうけい》にしたらどうです？」

そんな琉生《るい》に声《こえ》をかけたのは、ティー・セットのトレーを手《て》にしたアデリーペンギンだった。見《み》かけは丸《まる》っこいが、この『ペンギン探偵社《たんていしゃ》』日本支部《にほんしぶ》の所長《しょちょう》にして、名探偵《めいたんてい》のP《ピー》・P《ピー》・ジュニアである。

「もう少《すこ》ししたらね」

琉生《るい》は首《くび》を横《よこ》に振《ふ》り、時計《とけい》を見《み》た。

「――まあ、あと30分《ぷん》かな？」

「さ、さ、さ、30⁉　…………………げ、限界《げんかい》ですわ」

とうとうリリカが崩《くず》れ落《お》ちた。

（このままでは……脳《のう》が……）

アリスもだんだん気《き》が遠《とお》くなってくる。

と、その時《とき》。

P《ピー》・P《ピー》・ジュニアの机《つくえ》の上《うえ》の、アンティークなデザインの電話《でんわ》のベルが鳴《な》った。

「はい、こちら『ペンギン探偵社《たんていしゃ》』」

P《ピー》・P《ピー》・ジュニアはテーブルにトレーを置《お》いて、受話器《じゅわき》を手《て》に取《と》った。

「……むむむ！　前代未聞《ぜんだいみもん》の大事件《だいじけん》ですか～⁉」

どうやら新《あら》たな捜査《そうさ》の依頼《いらい》のようだ。

「アリス、仕事《しごと》です。私《わたし》は出《で》かけますが、あなたは残《のこ》ってこのまま勉強《べんきょう》を――」

受話器《じゅわき》を置《お》いたP《ピー》・P《ピー》・ジュニアは玄関《げんかん》に向《む》かい、帽子《ぼうし》とコートに手《ヒレ》を伸《の》ばす。

「いえ、ししょ～」

アリスはノートを閉《と》じて立《た》ち上《あ》がると、こぶしを握《にぎ》りしめた。

「自分《じぶん》のことより、困《こま》っている人《ひと》を助《たす》けることが大切《たいせつ》です。それが探偵《たんてい》というもの」

目《め》の前《まえ》に残《のこ》った宿題《しゅくだい》の山《やま》がなければ、ものすごく立派《りっぱ》に聞《き》こえる言葉《ことば》。

今《いま》まで見《み》せたことのないやる気《き》である。

「当然《とうぜん》、私《わたし》たちも行《い》かなくては！　他《ほか》ならぬ親友《しんゆう》とP様《ピーさま》のために！」

「僕《ぼく》らも役《やく》に立《た》てるかも知《し》れませんよ」

リリカと計太《けいた》も、さっさとノートと教科書《きょうかしょ》をしまった。

「早《はや》く解決《かいけつ》しないといけないな」

琉生《るい》までもが探偵《たんてい》の血《ち》が騒《さわ》ぐのか、一緒《いっしょ》に行《い》くと決《き》めたようだ。

ともかく、これでアリスたちは宿題《しゅくだい》の恐怖《きょうふ》から救《すく》われた。

――まあ、少《すく》なくともあと数時間《すうじかん》は、の話《はなし》だが。

アリスとP《ピー》・P《ピー》・ジュニアが向《む》かったのは、『赤妃《あかひ》ふれあい広場《ひろば》』と呼《よ》ばれる市役所前《しやくしょまえ》のイベント会場《かいじょう》だった。

「P《ピー》・P《ピー》・ジュニアさんにお仲間《なかま》まで！　よく来《き》てくださいました！」

アリスたちをふれあい広場《ひろば》の噴水前《ふんすいまえ》、時計台《とけいだい》のすぐそばで出迎《でむか》えたのは、縁《ふち》の太《ふと》いメガネをかけた、背広姿《せびろすがた》の気《き》の弱《よわ》そうな男《おとこ》の人《ひと》である。

「私《わたし》、白瀬市役所広報課《しらせしやくしょこうほうか》の伊部《いべ》と申《もう》します」

伊部《いべ》さんはお辞儀《じぎ》しながら、名刺《めいし》をP《ピー》・P《ピー》・ジュニアに渡《わた》す。

「くわしい話《はなし》は電話《でんわ》ではできない、とおっしゃっていましたが、どんな怪事件《かいじけん》なんです？」

P《ピー》・P《ピー》・ジュニアは名刺《めいし》をアザラシ形《がた》のリュックにしまうと、伊部《いべ》さんに尋《たず》ねた。

「実《じつ》は——」

伊部《いべ》さんは声《こえ》をひそめる。

「誘拐事件《ゆうかいじけん》です」

「誘拐《ゆうかい》？」

P《ピー》・P《ピー》・ジュニアの目玉《めだま》がキラリと光《ひか》った。

「誘拐《ゆうかい》されたのは、大《だい》スターの彼《かれ》です」

伊部《いべ》さんは、スマートフォンで撮《と》られた写真《しゃしん》をP《ピー》・P《ピー》・ジュニアたちに見《み》せた。

写《うつ》っているのは、赤《あか》いマントを風《かぜ》になびかせたシロクマ。

その手《て》には練乳《れんにゅう》がけのかき氷《ごおり》がある。


「ピキ〜ッ！」

P《ピー》・P《ピー》・ジュニアは、コロコロ転《ころ》がるようにしてスマートフォンから遠《とお》ざかった。

「私《わたし》はシロクマが大嫌《だいきら》いなんです！　あいつらは恐《おそ》ろしい肉食獣《にくしょくじゅう》！　可愛《かわい》らしいペンギンなんて、クレープでクルクル巻《ま》いてオヤツにするような連中《れんちゅう》ですよ〜っ！」

もともと青《あお》いP《ピー》・P《ピー》・ジュニアは、真《ま》っ青《さお》を通《とお》り越《こ》して群青色《ぐんじょういろ》になる。

「しょ〜、落《お》ち着《つ》いて。シロクマはペンギンのすむところにはいないので」

アリスは、震《ふる》えるP《ピー》・P《ピー》・ジュニアをなだめた。

シロクマがすむのは北半球《きたはんきゅう》の寒冷地《かんれいち》。

対《たい》するペンギンは、一部《いちぶ》を除《のぞ》くと生息地《せいそくち》は南半球《みなみはんきゅう》だ。

「あ、あのですね。これはシロクマではく『シロクマン』です」

伊部《いべ》さんは説明《せつめい》する。

「ああ、白瀬消防署《しらせしょうぼうしょ》のご当地《とうち》キャラですね」

と、頷《うなず》いたのは琉生《るい》だ。

「ご当地《とうち》キャラ？」

TV《テレビ》などで何度《なんど》か耳《みみ》にしたことのある言葉《ことば》だが、アリスはそれが正確《せいかく》にはどういう意味《いみ》なのかは知《し》らない。

「ご当地《とうち》キャラというのは、観光名所《かんこうめいしょ》なんかのイメージキャラクターのことですよ。イベントなどに着《き》ぐるみで登場《とうじょう》するんですけど、微妙《びみょう》に格好悪《かっこうわる》くて。でも、それが逆《ぎゃく》に人気《にんき》になったりしてるんです」

計太《けいた》が解説《かいせつ》してくれる。

「この白瀬市《しらせし》には、赤妃《あかひ》リリカという最高最強《さいこうさいきょう》のアイドルがいるというのに何《なん》ですの!? こんなクマではなく、この私《わたし》をイメージキャラクターにすべきでしょう!?」

リリカがフンと鼻《はな》を鳴《な》らした。

「いやあ～、リリカさんはギャラが高《たか》すぎて白瀬市《しらせし》の予算《よさん》では呼《よ》べないんですよ。その点《てん》、シロクマンみたいなご当地《とうち》キャラなら、中《なか》に入《はい》る人《ひと》のバイト代《だい》だけで済《す》みますし……」

伊部《いべ》さんはハンカチで汗《あせ》を拭《ぬぐ》った。

「シロクマンは午後《ごご》3時《じ》から開《ひら》かれる『白瀬市最強《しらせしさいきょう》キャラクター決定《けってい》コンテスト』の参加《さんか》キャラクターなんです。数《かず》ある白瀬市《しらせし》のご当地《とうち》キャラの中《なか》でも、人気《にんき》キャラのシロクマンが見《み》つからないと、コンテストが台無《だいな》しです！」

「コンテスト？　そんなのあるんですか？」

計太《けいた》がタブレットを取《と》り出《だ》して検索《けんさく》する。

「ええっと、白瀬市《しらせし》のご当地《とうち》キャラコンテスト……ぜんぜん、話題《わだい》になっていませんね」

「あ、あっれ〜？　市役所《しやくしょ》や駅《えき》にポスターが貼《は》ってあるし、市《し》の広報紙《こうほうし》でも大々的《だいだいてき》に宣伝《せんでん》しているんですが？」

と、伊部《いべ》さん。

「市《し》の広報紙《こうほうし》？」

アリスだけではなく、琉生《るい》やリリカや計太《けいた》、P《ピー》・P《ピー》・ジュニアまでもが首《くび》を傾《かし》げる。

「……やっぱり、読《よ》まれていないんですね。僕《ぼく》たちが作《つく》っている広報紙《こうほうし》」

伊部《いべ》さんは肩《かた》を落《お》とした。

白瀬市《しらせし》の広報紙《こうほうし》が月《つき》に1回《かい》、各家庭《かくかてい》に配《くば》られていることは知《し》っている。でも、アリスは目《め》を通《とお》したことがない。

「まあ、広報紙《こうほうし》に人気《にんき》がないことはともかくとして、関係者《かんけいしゃ》の話《はなし》は聞《き》けますか？」

P《ピー》・P《ピー》・ジュニアはシロクマショックから何《なん》とか立《た》ち直《なお》ると、伊部《いべ》さんに質問《しつもん》する。

「はい、みんなに集《あつ》まってもらっています！　さあ、こちらへ！」

伊部《いべ》さんは一同《いちどう》を引《ひ》き連《つ》れて、広場《ひろば》の奥《おく》のステージへと移動《いどう》した。

『白瀬市最強《しらせしさいきょう》キャラクター決定《けってい》コンテスト』の準備《じゅんび》が進《すす》められているステージの裏手《うらて》にやってくると、そこにはコンクリート製《せい》の小《ち》さな建物《たてもの》があった。

どうやら、普段《ふだん》は倉庫《そうこ》として使《つか》われている建物《たてもの》らしい。

人《ひと》の通《とお》り抜《ぬ》けできない小《ち》さな窓《まど》が、三方《さんぽう》の壁《かべ》にひとつずつ。出入《でい》り口《ぐち》は1か所《しょ》で、その鉄《てつ》の扉《とびら》には黒《くろ》のフェルトペンで『控《ひか》え室《しつ》　関係者以外立《かんけいしゃいがいた》ち入《い》り禁止《きんし》』と書《か》かれた紙《かみ》が貼《は》りつけてある。

中《なか》に入《はい》ると、さまざまな姿《すがた》のご当地《とうち》キャラたちがベンチに座《すわ》って休《やす》んだり、鏡《かがみ》の前《まえ》で練《れん》習《しゅう》に励《はげ》んだりしていた。

着《き》ぐるみを着《き》ていないのはひとりだけ。

燃《も》え尽《つ》きたような表情《ひょうじょう》でベンチに座《すわ》っている青年《せいねん》だ。

「あれは、シロクマンに入《はい》ることになっていたバイトの大学生《だいがくせい》くんです」

伊部《いべ》さんは青年《せいねん》を指《ゆび》さした。

「シロクマンの着《き》ぐるみに人生《じんせい》をかけていて、大学《だいがく》を3回落第《かいらくだい》してまでこの仕事《しごと》に打《う》ち込《こ》んでくれています」

「それはそれで問題《もんだい》な気《き》が……」

と、アリス。

「他《ほか》にも白瀬市《しらせし》の人気《にんき》ご当地《とうち》キャラが、ここには大集合《だいしゅうごう》しているんですよ」

伊部《いべ》さんは誇《ほこ》らしげに紹介《しょうかい》する。

「県民遺産《けんみんいさん》『白瀬城址《しらせじょうし》』のマスコット『足軽《あしがる》パンダ』！」

進《すす》み出《で》たのは、陣笠《じんがさ》をかぶり、竹槍《たけやり》を持《も》ったパンダだ。

「続《つづ》いては、駅前《えきまえ》コンコース『すずらんストリート』のキャラ『らんちゃん』！」

いちおう美少女《びしょうじょ》の着《き》ぐるみだが、頭《あたま》がでかくてけっこう不気味《ぶきみ》である。

「さらにさらに！『シラセ星人《せいじん》』と、『逆転《ぎゃくてん》ビーバー君《くん》』！」

今度《こんど》は、昔《むかし》のＳＦ《エスエフ》の挿《さ》し絵《え》に登場《とうじょう》するようなタコ形《がた》の宇宙人《うちゅうじん》と、マイクを持《も》って逆立《さかだ》ちしたビーバー。

「今《いま》や子供《こども》に大人気《だいにんき》！白瀬警察署《しらせけいさつしょ》が認定《にんてい》する交通安全教室《こうつうあんぜんきょうしつ》のキャラ、『白《しろ》ゴン』！」

こちらは一番小柄《いちばんこがら》な、白《しろ》いドラゴン。ややメタボで、目《め》つきが危《あぶ》ない。

「よろしくね」

白《しろ》ゴンは頭《あたま》の部分《ぶぶん》を取《と》ると、Ｐ《ピー》・Ｐ《ピー》・ジュニアやアリスたちに手《て》を差《さ》し出《だ》して挨拶《あいさつ》した。

髪《かみ》を手《て》ぬぐいでまとめた、アリスよりいくつか年上《としうえ》の女《おんな》の子《こ》だ。

白《しろ》ゴンが小柄《こがら》なのは、この女《おんな》の子《こ》の身長《しんちょう》に合《あ》わせたせいなのかも、とアリスは思《おも》う。

「私《わたし》、中野瞳《なかのひとみ》。私《わたし》も、彼《かれ》がシロクマンをやってるのと同《おな》じくらい、ず〜っと白《しろ》ゴンをやり続《つづ》けてるんだ。だから、白《しろ》ゴンは大親友《だいしんゆう》、ていうか、もう自分《じぶん》の一部《いちぶ》になってる感《かん》じかな？」

瞳《ひとみ》はアリスに向《む》かってそう微笑《ほほえ》むと、シロクマンの大学生《だいがくせい》の方《ほう》を見《み》た。

「シロクマンがさらわれた悲《かな》しさはよく分《わ》かる。お願《ねが》い、シロクマンを助《たす》けてあげて」

「これは誘拐《ゆうかい》というよりも盗難事件《とうなんじけん》のような？」

P《ピー》・P《ピー》・ジュニアは、あまりこの事件《じけん》に乗《の》り気《き》ではないようだ。

だが、そんなP《ピー》・P《ピー》・ジュニアをよそに、伊部《いべ》さんはご当地《とうち》キャラの紹介《しょうかい》を続《つづ》ける。

「そしてこちらが！　今度《こんど》のコンテストでシロクマンの最大《さいだい》のライバルと目《もく》されている『ナマコ市長《しちょう》』です！」

「こ、これは」

アリスは絶句《ぜっく》した。

アリスだけではない。残《のこ》りのみんなも顔《かお》を見合《みあ》わせる。何故《なぜ》なら、このナマコ市長《しちょう》、安《やす》っぽいスーツを着《き》た普通《ふつう》の人《ひと》の頭《あたま》の部分《ぶぶん》がナマコになった、それだけの情《なさ》けないデザインだったからだ。

「ご当地《とうち》キャラというより怪人《かいじん》ですわね」

「子供《こども》、怖《こわ》がりますよ」

リリカと計太《けいた》が、もっともな感想《かんそう》を口《くち》にする。

確《たし》かに、小《ちい》さい子《こ》が見《み》たら、夢《ゆめ》に出《で》てきてうなされそうなキャラクターだ。

「何故《なにゆえ》に……ナマコで？」

アリスはナマコと白瀬市《しらせし》のつながりが思《おも》いつかなかったので、伊部《いべ》さんに尋《たず》ねた。

「白瀬市《しらせし》ができた時《とき》に、最初《さいしょ》の市長《しちょう》となったのが朝比奈誠《あさひなまこと》氏《し》なのです。で、そのアサヒナマコトの、真《ま》ん中《なか》を取《と》って、ナマコと」

「分《わ》かりにくいにも程《ほど》がありますわよ！」

リリカが思《おも》わず、羽扇《うせん》を取《と》り出《だ》して伊部《いべ》さんの鼻《はな》をつっつく。

「あははは！　実《じつ》はあたしもそう思《おも》う！」

ナマコ市長《しちょう》は、笑《わら》いながら頭《あたま》の部分《ぶぶん》をはずした。

中《なか》の人《ひと》は、短《みじか》い髪《かみ》のハッキリとした目鼻立《めはなだ》ちの女《おんな》の子《こ》である。

「あたしは下坂《しもさか》りん。瞳《ひとみ》と同《おな》じ劇団《げきだん》にいるんだ。今度《こんど》、見《み》に来《き》てよ」

りんは、自分《じぶん》たちの劇団《げきだん》のチラシをアリスたちに手渡《てわた》した。

りんの名前《なまえ》は、出演者《しゅつえんしゃ》の名前《なまえ》の2番目《ばんめ》に載《の》っている。

一番上《いちばんうえ》に書《か》かれているのは、瞳《ひとみ》の名前《なまえ》だ。

「そうそう、瞳《ひとみ》は今度《こんど》、チョイ役《やく》だけどTV《テレビ》にも出《で》るんだよ」

りんはアリスにウインクする。

「氷山中学《ひょうざんちゅうがく》美術部《びじゅつぶ》がデザインしたキャラクター『氷山《ひょうざん》くん』も出演者《しゅつえんしゃ》としてエントリーされていますよ～！」

伊部《いべ》さんが紹介《しょうかい》すると、氷山《ひょうざん》そのものに手足《てあし》が生《は》えたようなデザインの氷山《ひょうざん》くんは、クネクネと奇妙《きみょう》な動《うご》きをしてみせた。

「うちの中学《ちゅうがく》……情《なさ》けないですわ」

「美術部《びじゅつぶ》って、何《なに》やってるんでしょうか？」

リリカと計太《けいた》がため息《いき》をつく。

「このコンテスト、このままやめちゃってもいいんじゃないかな？」

とうとう、琉生《るい》までもがそんなことを言《い》い出《だ》した。

「お願《ねが》いですから見捨《みす》てないでください！　この企画《きかく》がつぶれたら、私《わたし》の給料《きゅうりょう》引《ひ》かれちゃうんですから！」

伊部《いべ》さんはP《ピー》・P《ピー》・ジュニアにすがりつく。

「せっかく来《き》たんですから引《ひ》き受《う》けます！　引《ひ》き受《う》けますから離《はな》れてください！　……ま
あ、うちの支社《ししゃ》、このところ財政難《ざいせいなん》ですし」
P《ピー》・P《ピー》・ジュニアは伊部《いべ》さんの手《て》から逃《のが》れると、アザラシ形《がた》のリュックからメモ帳《ちょう》を取《と》
り出《だ》して聞《き》き込《こ》みを開始《かいし》する。
「ご当地《とうち》キャラはいつからここに置《お》かれていたんです？」
「昨日《きのう》の夜《よる》からです。８時《じ》に運《はこ》び込《こ》んで鍵《かぎ》をかけて、今朝《けさ》９時《じ》に開《あ》けるまでは誰《だれ》も出入《でい》り
していないはずです」
伊部《いべ》さんが答《こた》えた。
「盗《ぬす》まれたのに気《き》がついたのは？」
「それはこの僕《ぼく》だ！」
シロクマンの中《なか》の人《ひと》、大学生《だいがくせい》が立《た》ち上《あ》がる。
「９時半《じはん》に来《き》て、シロクマンに変身《へんしん》しようと思《おも》ったら……消《き》えていたんだ！　うわあああ
ああ〜っ！」
大学生《だいがくせい》は頭《あたま》を抱《かか》えてまたベンチに座《すわ》り込《こ》んだ。

「ということは、今《いま》から1時間少《じかんすこ》し前《まえ》ということですね？　9時半《じはん》より前《まえ》に、この控《ひか》え室《しつ》に入《はい》った人《ひと》は？」

P《ピー》・P《ピー》・ジュニアは質問《しつもん》を続《つづ》ける。

逆転《ぎゃくてん》ビーバー君《くん》、足軽《あしがる》パンダとシラセ星人《せいじん》、らんちゃん、白《しろ》ゴン、ナマコ市長《しちょう》、それに氷山《ひょうざん》くん、つまり全員《ぜんいん》が手《て》を上《あ》げた。

「その時《とき》には――」

今度《こんど》はアリスが尋《たず》ねる。

「シロクマンはまだあったの？」

「…………」

ご当地《とうち》キャラたちは顔《かお》を見合《みあ》わせた。

「拙者《せっしゃ》は知《し》らぬでゴザルヨ」

足軽《あしがる》パンダが首《くび》を横《よこ》に振《ふ》る。

「みんな、ピコピコ、自分《じぶん》の着《き》ぐるみしか、ピコピコ、見《み》てないよ、ピコピコ、だから、盗《ぬす》まれていたかどうかは分《わ》からない、ピコピコ」

シラセ星人《せいじん》が16本《ぽん》ある足《あし》を上下《じょうげ》させて答《こた》えた。

「だよねえ、ドタバタしてたし」

ナマコ市長《しちょう》のりんも頷《うなず》く。

と、その時《とき》。

「はい、そこまで！」

扉《とびら》が開《ひら》く音《おと》とともに、聞《き》き覚《おぼ》えのある声《こえ》がした。

アリスが振《ふ》り返《かえ》ると、そこに警察手帳《けいさつてちょう》を手《て》にした白瀬署《しらせしょ》の高南冬吹刑事《たかなみふぶきけいじ》の姿《すがた》があった。

「警察《けいさつ》を呼《よ》んだんですか？」

P《ピー》・P《ピー》・ジュニアは伊部《いべ》さんを見上《みあ》げた。

「まさか⁉　私《わたし》は市役所《しやくしょ》にバレないうちに解決《かいけつ》しようとP《ピー》・P《ピー》・ジュニアさんを呼《よ》んだんですから！」

伊部《いべ》さんはとんでもないというような顔《かお》になる。

「……ごめんなさい、私《わたし》です」

そう名乗《なの》り出《で》たのは、白《しろ》ゴンに入《はい》っている瞳《ひとみ》だった。

「事件《じけん》だから、警察《けいさつ》に連絡《れんらく》しないといけないと思《おも》って」

「はいはい、その通《とお》りよ〜！　ここは優秀《ゆうしゅう》な警察《けいさつ》の出番《でばん》だから、しろうと探偵《たんてい》さんと子供《こども》たちはお家《うち》に帰《かえ》って、宿題《しゅくだい》でもやってなさい」

冬吹刑事《ふぶきけいじ》はアリスの背中《せなか》を押《お》して、控《ひか》え室《しつ》から追《お》い出《だ》そうとする。

「しゅ、宿題《しゅくだい》……」

アリスの脳裏《のうり》に、まるまる残《のこ》っている4科目分《かもくぶん》の宿題《しゅくだい》の山《やま》が浮《う》かぶ。

(現実逃避《げんじつとうひ》から引《ひ》き戻《もど》されて……落《お》ち込《こ》む)

アリスの表情《ひょうじょう》は暗《くら》くなった。

その隣《となり》で、計太《けいた》とリリカもズ〜ンと暗《くら》くなっていた。

「はいはい、全員退場《ぜんいんたいじょう》！　ここは犯罪現場《はんざいげんば》なんだから！」

P《ピー》・P《ピー》・ジュニアや琉生《るい》たち、それにご当地《とうち》キャラも控《ひか》え室《しつ》から追《お》い出《だ》され、立《た》ち入《い》り禁止《きんし》を示《しめ》す黄色《きいろ》いテープが張《は》られた。

「じゃあ、容疑者《ようぎしゃ》の尋問《じんもん》を開始《かいし》します！　まずは市役所《しやくしょ》の人《ひと》、あんたからね！」

冬吹刑事《ふぶきけいじ》は伊部《いべ》さんをステージの脇《わき》に呼《よ》び寄《よ》せ、あれこれ質問《しつもん》を始《はじ》める。

アリスは、先《さき》ほどチラッと見《み》たステージに目《め》をやった。

セットは安《やす》っぽいし、あと2時間《じかん》ほどで開演《かいえん》だというのに、観客席《かんきゃくせき》には犬《いぬ》を連《つ》れて居眠《いねむ》りをしているおじいさんひとりだけ。

本当《ほんとう》にこのコンテストは知《し》られていないようだ。

「今《いま》のうちに、分《わ》かっていることをまとめようか」

琉生《るい》がP《ピー》・P《ピー》・ジュニアとアリスに提案《ていあん》した。

「控《ひか》え室《しつ》の扉《とびら》は午前《ごぜん》9時《じ》に開《あ》けられ、シロクマンの着《き》ぐるみが盗《ぬす》まれたと分《わ》かるまでの30分間《ぷんかん》、誰《だれ》でも出入《でい》りができた」

「誰《だれ》もいなくなったタイミングがあるはずですね。おそらく、盗《ぬす》まれたのはその時《とき》」

P《ピー》・P《ピー》・ジュニアは頷《うなず》いた。

「でも――」

と、表情《ひょうじょう》を曇《くも》らせたのは計太《けいた》である。

「ご当地《とうち》キャラの誰《だれ》かが、ひとりになった時《とき》に盗《ぬす》んだってことも考《かんが》えられますよ」

「冗談《じょうだん》じゃないよ！」

ナマコ市長《しちょう》のりんが、計太《けいた》に詰《つ》め寄《よ》った。

「あたしたちの中《なか》に犯人《はんにん》がいるっての⁉　そんなことあるはずないじゃん！」

「ぼ、僕《ぼく》は可能性《かのうせい》の話《はなし》をしただけで――」

計太《けいた》はあわてて言《い》い訳《わけ》する。

と、そこに――。

「はい、みなさ～ん、今《いま》、身《み》につけてる着《き》ぐるみ、脱《ぬ》いじゃって！」

冬吹刑事《ふぶきけいじ》がやってきて、ご当地《とうち》キャラたちに命令《めいれい》した。

「何《なん》でよ⁉」

「どうしてです⁉」

ご当地《とうち》キャラたちは一斉《いっせい》に抗議《こうぎ》する。

「証拠《しょうこ》よ、証拠《しょうこ》！　着《き》ぐるみはぜ～んぶ、鑑識《かんしき》に調《しら》べてもらうから！」

冬吹刑事《ふぶきけいじ》は耳《みみ》を貸《か》そうとしない。

「……みんな、ここは刑事《けいじ》さんの言《い》うことを聞《き》いてください」

伊部《いべ》さんがみんなを見渡《みわた》し、肩《かた》を落《お》として済《す》まなそうに告《つ》げた。

瞳《ひとみ》やりん、中《なか》の人《ひと》たちがT《ティー》シャツとデニムだけになると、制服《せいふく》の警官《けいかん》たちが着《き》ぐるみを集《あつ》め、控《ひか》え室《しつ》へと運《はこ》び込《こ》む。

「はい、君《きみ》もこの変《へん》な着《き》ぐるみ、脱《ぬ》ぎなさいね〜！」

冬吹刑事《ふぶきけいじ》はP《ピー》・P《ピー》・ジュニアを持《も》ち上《あ》げて、頬《ほ》っぺたをムギュ〜ッと左右《さゆう》に引《ひ》っ張《ぱ》った。

「わらひはひゃらひゃあひませ〜ん！」

P《ピー》・P《ピー》・ジュニアは、ヒレを猛烈《もうれつ》にジタバタさせて抗議《こうぎ》する。

「お〜っと、これ違《ちが》ったみたい！　丸《まる》っこいから間違《まちが》えちゃった〜！」

冬吹刑事《ふぶきけいじ》はP《ピー》・P《ピー》・ジュニアを転《ころ》がすと、笑《わら》いながら控《ひか》え室《しつ》の方《ほう》に戻《もど》っていった。

「おにょれ、冬吹刑事《ふぶきけいじ》！　あれ、ぜったいわざとですね！」

P《ピー》・P《ピー》・ジュニアは悔《くや》しそうに、足《あし》の水《みず》かきで地面《じめん》をペタタタタタタ〜っと叩《たた》いた。

「残《のこ》り時間《じかん》2時間《じかん》11分《ぷん》37秒《びょう》02。このままじゃ、イベントに間《ま》に合《あ》わないかも」

計太《けいた》が懐中時計《かいちゅうどけい》を取《と》り出《だ》して、時間《じかん》を確認《かくにん》する。

「9時《じ》から9時半《じはん》までに盗《ぬす》まれたとして、そのあとすぐに騒《さわ》ぎになったんですよね？」

琉生《るい》が伊部《いべ》さんに確認《かくにん》した。

「はい、みんなで捜《さが》し回《まわ》りました」

伊部《いべ》さんが頷《うなず》く。

「となると――」

琉生《るい》は軽《かる》く握《にぎ》ったこぶしをあごに当《あ》てて推理《すいり》した。

「犯人《はんにん》は、それほど遠《とお》くへはシロクマンを運《はこ》べていないかも知《し》れない。このふれあい広場《ひろば》のどこかに隠《かく》した可能性《かのうせい》が高《たか》いよ」

「さすがですわ、響様《ひびきさま》！」

リリカが琉生《るい》の腕《うで》にしがみつく。

「……やっぱりもう一度《いちど》、手分《てわ》けして捜《さが》した方《ほう》がいいんじゃないでしょうか？」

時計《とけい》とにらめっこをしていた計太《けいた》が、ふと、顔《かお》を上《あ》げて提案《ていあん》した。

「じゃあ、みんなで！」

瞳《ひとみ》が中《なか》の人《ひと》たちを見渡《みわた》した。

「そうだよ！　そうしよう！」

と、りん。

「あ、待《ま》ってくだ――」

P《ピー》・P《ピー》・ジュニアはあわてててみんなを止《と》めようとするが、一瞬遅《いっしゅんおそ》く――。

「シロクマンを救《すく》い出《だ》すぞ！」

「お〜っ！」

張《は》り切《き》った中《なか》の人《ひと》たちは、ふれあい広場中《ひろばじゅう》に散《ち》っていってしまった。

「……うにゅ〜」

P《ピー》・P《ピー》・ジュニアは困《こま》りきった顔《かお》になる。

「ぼ、僕《ぼく》、まずいこと言《い》っちゃったでしょうか？」

計太《けいた》が心配《しんぱい》そうな表情《ひょうじょう》を浮《う》かべた。

「白兎《しらと》くん、自分《じぶん》でも言《い》ってたよ。ご当地《とうち》キャラの誰《だれ》かが犯人《はんにん》かも知《し》れないって」

アリスが説明《せつめい》する。

「ということは、僕《ぼく》、犯人《はんにん》に逃《に》げるチャンスを与《あた》えちゃったんですかあああっ⁉」

計太《けいた》は真《ま》っ青《さお》になった。

「まあ、今逃《いまに》げたら、自分《じぶん》から犯人《はんにん》だと名乗《なの》るようなものですから、そう怪《あや》しい行動《こうどう》は取《と》らないと思《おも》いますが――」

P《ピー》・P《ピー》・ジュニアが慰《なぐさ》めるように言《い》いかけたその時《とき》。

パーン！

どこかで、何《なに》かが破裂《はれつ》するような音《おと》がした。

銃声《じゅうせい》のようにも聞《き》こえる音《おと》だ。

「あっちですわ！」

噴水《ふんすい》の向《む》こうの時計台《とけいだい》を、リリカが指《ゆび》さす。

「行《い》こう！」

琉生《るい》が先頭《せんとう》になり、みんなは時計台《とけいだい》の方《ほう》へと向《む》かった。


アリスたちが到着《とうちゃく》した時《とき》、時計台《とけいだい》のそばに人影《ひとかげ》はなかった。

犯人《はんにん》らしき人物《じんぶつ》の仕業《しわざ》だとしても、もう逃《に》げてしまったようだ。

「あの音《おと》はどこから？」

アリスはあたりを探《さが》してみる。

「これですね」

P《ピー》・P《ピー》・ジュニアが、背中《せなか》のリュックからピンセットを取《と》り出《だ》し、何《なに》かの燃《も》えかすを拾《ひろ》い上《あ》げた。

「爆竹《ばくちく》のようだけど？」

琉生《るい》がその燃《も》えかすを見《み》てつぶやく。

爆竹《ばくちく》は花火《はなび》の一種《いっしゅ》で、大《おお》きな音《おと》が出《で》る。導火線《どうかせん》に火《ひ》をつけて使《つか》うが、導火線《どうかせん》をつないで長《なが》く延《の》ばせば、1、2分《ふん》、爆発《ばくはつ》までの時間《じかん》を稼《かせ》ぐこともできる。

「いったい何《なん》のため？」

大《おお》きな音《おと》がしただけで、被害《ひがい》にあった人《ひと》はいないようだ。アリスは首《くび》を傾《かし》げる。

と、そこに。

「犯人《はんにん》はどこ⁉」

制服《せいふく》の警官《けいかん》を引《ひ》き連《つ》れた冬吹刑事《ふぶきけいじ》が現《あらわ》れた。

「誰《だれ》もいませんでしたよ」

P《ピー》・P《ピー》・ジュニアは燃《も》えかすを冬吹刑事《ふぶきけいじ》に渡《わた》す。

「って、爆竹《ばくちく》⁉　いたずらなの⁉」

冬吹刑事《ふぶきけいじ》は燃《も》えかすを芝生《しばふ》に叩《たた》きつけた。

「ったく！　警官全員《けいかんぜんいん》呼《よ》んだのに、無駄足《むだあし》じゃないの！」

「全員《ぜんいん》を⁉」

P《ピー》・P《ピー》・ジュニアが息《いき》を呑《の》んだ。

「そうだけど？」

それが何《なに》、というように冬吹刑事《ふぶきけいじ》は顔《かお》をしかめる。

「これは罠《わな》です！　控《ひか》え室《しつ》がガラ空《あ》きですよ！」

P《ピー》・P《ピー》・ジュニアは飛《と》び上《あ》がってヒレを振《ふ》った。

「しまった！」

最初《さいしょ》に走《はし》り出《だ》したのは琉生《るい》だった。

「うっそ〜！」

真《ま》っ青《さお》になった冬吹刑事《ふぶきけいじ》がそのあとを追《お》う。

「必殺《ひっさつ》！　極点到達《きょくてんとうたつ》ダッ〜シュ！」

Ｐ《ピー》・Ｐ《ピー》・ジュニアも、普段《ふだん》のヨチヨチ歩《ある》きからは考《かんが》えられない速度《そくど》で控《ひか》え室《しつ》へと急《いそ》いだ。

アリスやリリカたちもすぐにあとを追《お》ったが、Ｐ《ピー》・Ｐ《ピー》・ジュニアと琉生《るい》には追《お》いつけない。

やっとのことで控《ひか》え室《しつ》にたどり着《つ》くと、立《た》ち入《い》り禁止《きんし》のテープは切《き》られて、扉《とびら》が開《あ》いていた。アリスが中《なか》をのぞき込《こ》むと、そこにはきびしい表情《ひょうじょう》のＰ《ピー》・Ｐ《ピー》・ジュニアと琉生《るい》の姿《すがた》があった。

「手遅《ておく》れでした」

Ｐ《ピー》・Ｐ《ピー》・ジュニアはアリスの方《ほう》に向《む》き直《なお》ると、クチバシを左右《さゆう》に振《ふ》った。

「これを見《み》てください」

床《ゆか》に着《き》ぐるみが転《ころ》がっていた。

さっき、冬吹刑事《ふぶきけいじ》が鑑識《かんしき》に回《まわ》すと言《い》って没収《ぼっしゅう》したものだ。

「ええっと……シラセ星人《せいじん》に、らんちゃん、氷山《ひょうざん》くんはいますね。ああ〜っ！　ナマコ市《し》長《ちょう》と白《しろ》ゴンがいな〜い！」

気《き》がついて声《こえ》を上《あ》げたのは伊部《いべ》さんだった。

「とうとう第《だい》2、第《だい》3の犠牲者《ぎせいしゃ》が、いえ、犠牲《ぎせい》キャラが出《で》てしまいましたか」

P《ピー》・P《ピー》・ジュニアはきびしい顔《かお》になる。

「ああ～っ！」

冬吹刑事《ふぶきけいじ》は頭《あたま》を抱《かか》え、ヘナヘナとその場《ば》に座《すわ》り込《こ》んだ。

「ど～しよ！　被害増《ひがいふ》えちゃってる！　警部《けいぶ》に叱《しか》られるぅ～！」

警部《けいぶ》というのは冬吹刑事《ふぶきけいじ》の上司《じょうし》、名垂警部《なだれけいぶ》のことだ。

「その名垂警部《なだれけいぶ》ですが、今回《こんかい》はどうして現場《げんば》に来《こ》なかったんですの？」

リリカが腕組《うでぐ》みをして冬吹刑事《ふぶきけいじ》に尋《たず》ねる。

「……ただの簡単《かんたん》な盗難事件《とうなんじけん》だから、お前《まえ》ひとりで何《なん》とかなるだろうって」

冬吹刑事《ふぶきけいじ》は涙目《なみだめ》になった。

「でも、何《なん》とかなりませんでしたね～。ていうか、よけいひどいことになっちゃいましたね～。警部《けいぶ》に信用《しんよう》してもらって、いい気《き》になっていたのに？」

P《ピー》・P《ピー》・ジュニアは、冬吹刑事《ふぶきけいじ》のまわりをゆ～っくり回《まわ》りながら、ヒレをクチバシに当《あ》てて忍《しの》び笑《わら》いする。

「ししょ～、いじめたらダメです」

アリスはＰ《ピー》・Ｐ《ピー》・ジュニアをつっついて注意《ちゅうい》した。

「……お願《ねが》い。助《たす》けてください、ペンギンさん」

冬吹刑事《ふぶきけいじ》はすがるような目《め》でＰ《ピー》・Ｐ《ピー》・ジュニアを見《み》つめる。

「よく聞《き》こえませんね」

「助《たす》けてください、名探偵《めいたんてい》のペンギンさん！」

「よろしい！　この頭脳明晰《ずのうめいせき》な名探偵《めいたんてい》、Ｐ《ピー》・Ｐ《ピー》・ジュニアが手《て》を貸《か》してあげます」

Ｐ《ピー》・Ｐ《ピー》・ジュニアはニュフフフフッと笑《わら》うと、アザラシ形《がた》のリュックから虫《むし》メガネを取《と》り出《だ》し、控《ひか》え室《しつ》の捜査《そうさ》にかかった。

「ししょ～」

アリスはすぐに外《そと》へと続《つづ》く足跡《あしあと》に気《き》がつく。

「これは……は虫類《ちゅうるい》っぽい足跡《あしあと》ですねえ？」

Ｐ《ピー》・Ｐ《ピー》・ジュニアは足跡《あしあと》に虫《むし》メガネを近《ちか》づける。

「こんな足跡《あしあと》、赤妃《あかひ》さんが出《で》ていた怪獣映画《かいじゅうえいが》で見《み》たような……」

アリスが昔《むかし》、パパと見《み》に行《い》った映画《えいが》だ。

「庶民《しょみん》アリス！　余計《よけい》なことを思《おも》い出《だ》すんじゃありません！」

リリカが不愉快《ふゆかい》そうな顔《かお》になった。

あの映画《えいが》では、リリカは最初《さいしょ》の10分《ぷん》で怪獣《かいじゅう》に踏《ふ》んづけられる役《やく》だったのだ。

「これ、大《おお》きさからいって、白《しろ》ゴンに間違《まちが》いありませんよ」

伊部《いべ》さんが断言《だんげん》した。

「足跡《あしあと》があるということは、白《しろ》ゴンはここから歩《ある》いて去《さ》っていったことになるな。白《しろ》ゴンの着《き》ぐるみの人物《じんぶつ》が、ナマコ市長《しちょう》も持《も》ち出《だ》した。……白《しろ》ゴンの着《き》ぐるみの人《ひと》は中野瞳《なかのひとみ》さんだったよね？」

琉生《るい》がアリスにそう尋《たず》ねたところで、ご当地《とうち》キャラたちが集《あつ》まってきた。

「誰《だれ》か、瞳《ひとみ》さんを見《み》ませんでしたか？」

P《ピー》・P《ピー》・ジュニアが聞《き》くと　ご当地《とうち》キャラたちは顔《かお》を見合《みあ》わせた。

「僕《ぼく》らは、ちょっと前《まえ》から見《み》てないなあ？」

みんなを代表《だいひょう》して、シロクマンの大学生《だいがくせい》が答《こた》える。

「うん！　中野瞳《なかのひとみ》が犯人《はんにん》ってことに決《き》まりね！」

コロッと元気《げんき》を取《と》り戻《もど》した冬吹刑事《ふぶきけいじ》は、制服《せいふく》の警官《けいかん》たちに命令《めいれい》した。

「指名手配《しめいてはい》よ、指名手配《しめいてはい》！」

「……そう言《い》えば――」

りんが青《あお》ざめた顔《かお》でつぶやく。

「瞳《ひとみ》、この前《まえ》、こんなつまらない仕事《しごと》、もうやりたくないって」

「では、イベントをつぶすために、他《ほか》のご当地《とうち》キャラを隠《かく》し、ご当地《とうち》キャラとともに姿《すがた》を消《け》した？　ムニュ～……」

P《ピー》・P《ピー》・ジュニアは考《かんが》え込《こ》む。

でも――。

（本当《ほんとう》に……そうなの？）

アリスには、白《しろ》ゴンは自分《じぶん》の一部《いちぶ》だといって微笑《ほほえ》んでいた瞳《ひとみ》が、イベントをつぶそうとするなんて考《かんが》えられなかった。

（何《なに》か……変《へん》）

アリスはP《ピー》・P《ピー》・ジュニアたちからそっと離《はな》れ、控《ひか》え室《しつ》の裏《うら》へと移動《いどう》した。

「鏡《かがみ》よ、鏡《かがみ》」

アリスはポシェットから手鏡《てかがみ》を取《と》り出《だ》して、その表面《ひょうめん》に触《ふ》れた。


一瞬後《いっしゅんのち》、アリスの姿《すがた》はフワフワと宙《ちゅう》を舞《ま》っていた。

夜空《よぞら》の星《ほし》のように見《み》える無数《むすう》の瞬《また》きは、すべてが鏡《かがみ》。

外《そと》の世界《せかい》と行《い》き来《き》できる、出入《でい》り口《ぐち》である。

アリスと同《おな》じようにあたりに漂《ただよ》っているのは、グランドピアノや丸《まる》テーブル、その上《うえ》にのっかった植木鉢《うえきばち》や、ソファー、書《か》き物机《ものづくえ》だったりする。

そう、ここは鏡《かがみ》の国《くに》。

おかしなことが当《あ》たり前《まえ》のように起《お》きる、不思議《ふしぎ》な世界《せかい》だ。

「アリス・リドル登場《エンター、アリス・リドル》」

鏡《かがみ》の世界《せかい》に入《はい》ったアリスは今《いま》までの地味《じみ》な——でも、とってもお気《き》に入《い》り——黒《くろ》い服《ふく》から、トランプ柄《がら》のワンピース姿《すがた》へと変身《へんしん》する。

探偵見習《たんていみなら》い夕星《ゆうずつ》アリスが、名探偵《めいたんてい》アリス・リドルになる瞬間《しゅんかん》だ。

アリスはどんなささいなことでも見逃《みのが》さない観察眼《かんさつがん》を持《も》っている。

けれど、推理《すいり》をまとめるには、普通《ふつう》の人《ひと》の何倍《なんばい》も時間《じかん》がかかってしまう。

でも、この鏡《かがみ》の国《くに》では、時間《じかん》の流《なが》れが外《そと》の世界《せかい》よりずっと遅《おそ》いので、こちらに何時間《なんじかん》いても、外《そと》では2、3秒《びょう》しか経《た》っていない。だからアリスは考《かんが》えをまとめたい時《とき》には、こちらの世界《せかい》に飛《と》び込《こ》むのである。

(残《のこ》っていたのは……白《しろ》ゴンの足跡《あしあと》だけ)

アリスは目《め》を閉《と》じ、グランドピアノの上《うえ》に座《すわ》る。

シロクマン、白《しろ》ゴン、ナマコ市長《しちょう》、シラセ星人《せいじん》、逆転《ぎゃくてん》ビーバー君《くん》……。

頭《あたま》の中《なか》で、ご当地《とうち》キャラたちがグルグルと巡《めぐ》った。

そして——。

(……なるほど)

何《なに》が気《き》になっていたのかが、やっとはっきりと分《わ》かった。

アリスはグランドピアノから下《お》りると、鏡《かがみ》に手《て》を伸《の》ばした。


「ししょ〜」

再《ふたた》び、夕星《ゆうずつ》アリスの姿《すがた》になってこちらの世界《せかい》に戻《もど》ったアリスは、物陰《ものかげ》からP《ピー》・P《ピー》・ジュニアの注意《ちゅうい》を引《ひ》いた。

「ああっと、ご当地《とうち》キャラのみなさんと伊部《いべ》さん、ちょっとステージの方《ほう》で待《ま》っていてもらえますか〜？」

P《ピー》・P《ピー》・ジュニアはそう声《こえ》をかけ、控《ひか》え室《しつ》から出《で》てもらう。

残《のこ》ったのはP《ピー》・P《ピー》・ジュニアとアリス、琉生《るい》、計太《けいた》、リリカ、そして冬吹刑事《ふぶきけいじ》だ。

「……これ、おかしいです」

声《こえ》をひそめたアリスは足跡《あしあと》を指《ゆび》さした。

「あなたも気《き》がついたようですね」

同《おな》じく声《こえ》をひそめたP《ピー》・P《ピー》・ジュニアは、クチバシを縦《たて》に振《ふ》った。

「そう、ここにあったのは白《しろ》ゴンが出《で》ていった足跡《あしあと》だけ。はっきり覚《おぼ》えていますが、私《わたし》と探偵《たんてい》シュヴァリエがここに到着《とうちゃく》した時《とき》には、この足跡《あしあと》以外《いがい》に、誰《だれ》かが控《ひか》え室《しつ》を出入《でい》りした跡《あと》はまったくなかったんです」

「つまり、誰《だれ》かが白《しろ》ゴンに、いや、瞳《ひとみ》さんに罪《つみ》を着《き》せるためにわざと足跡《あしあと》を残《のこ》した。そういうことだね、ペンギン君《くん》」

琉生《るい》も納得《なっとく》の顔《かお》で頷《うなず》いた。

「うにゅにゅ、探偵《たんてい》シュヴァリエ！　あなたはどうしていつも私《わたし》が名推理《めいすいり》を披露《ひろう》しようとするところで先《さき》に言《い》っちゃうんですか⁉　そもそも——ふがっ！」

声《こえ》を荒《あら》らげそうになるP《ピー》・P《ピー》・ジュニアのクチバシを、アリスが押《お》さえる。

「ご、ごめん」

琉生《るい》は苦笑《くしょう》しながら謝《あやま》った。

「とにかく、姿《すがた》を消《け》した瞳《ひとみ》さんを見《み》つけなくてはいけません。そのためには、もう一度《いちど》犯人《はんにん》をおびき寄《よ》せるのが一番《いちばん》ですから、ここはおとり捜査《そうさ》、といきたいところですが——」

P《ピー》・P《ピー》・ジュニアは気《き》を取《と》り直《なお》す。

「問題《もんだい》は、おとりに使《つか》うご当地《とうち》キャラの着《き》ぐるみを、どうやって手《て》に入《い》れるかですねえ」

「……ししょ〜。私《わたし》に、ではなく、アリス・リドルに心当《こころあ》たりがあるそうです」

P《ピー》・P《ピー》・ジュニアはアリス・リドルが夕星《ゆうずつ》アリスだと知《し》っているが、琉生《るい》たちは知《し》らない。

アリスはP《ピー》・P《ピー》・ジュニアのヒレを引《ひ》っ張《ぱ》った。


アリスはまた鏡《かがみ》の国《くに》にいた。

今度《こんど》は考《かんが》えをまとめるためではない。

友《とも》だちに会《あ》うためだ。その友《とも》だちはちょっと待《ま》っていると、大《おお》きなポットから流《なが》れ出《で》る紅茶《こうちゃ》の流《なが》れに乗《の》って、カヌーを漕《こ》いでやってきた。

「ハンプティ・ダンプティ」

アリスは卵《たまご》そっくりの姿《すがた》をしたその友《とも》だち、ハンプティ・ダンプティに声《こえ》をかける。

「やあ、アリス！　今《いま》、僕《ぼく》は今度《こんど》のレースに向《む》けて特訓中《とっくんちゅう》でね！　次《つぎ》こそ、チェシャ猫《ねこ》に勝《か》ぁ〜っ！」

ハンプティ・ダンプティは短《みじか》い手足《てあし》をうまく使《つか》い、カヌーを降《お》りた。

「あのね……」

アリスはご当地《とうち》キャラの着《き》ぐるみのことをハンプティ・ダンプティに頼《たの》んだ。

ハンプティ・ダンプティは、鏡《かがみ》の世界《せかい》の仕立屋《テイラー》なのだ。

「ご当地《とうち》キャラの？　着《き》ぐるみ？」

ハンプティ・ダンプティは顔《かお》をしかめる。

「無理《むり》？」

「それが——できちゃうんです！　カモン・エヴリバディ！」

ハンプティ・ダンプティはパチンと指《ゆび》を鳴《な》らした。

すると——。

どこからともなく、布《ぬの》と糸《いと》と針《はり》、それにハサミが現《あらわ》れて、アリスたちの前《まえ》で踊《おど》り出《だ》した。

「コ〜カス・ダンス、コ〜カス・ダ〜ンス！　あなたもわたしもコ〜カス・ダ〜ンス！

みんな楽《たの》しくコ〜カス・ダ〜ンス！」

ハンプティ・ダンプティが歌《うた》うと、ハサミと糸《いと》と針《はり》がみるみるうちに衣装《いしょう》を作《つく》り上《あ》げてゆく。

そして――。

「は～い！　ご所望《しょもう》のご当地《とうち》キャラ・コスチューム！」

ハンプティ・ダンプティは、完成《かんせい》したご当地《とうち》キャラの着《き》ぐるみをアリスに手渡《てわた》した。

何故《なぜ》か、ずっしりと重《おも》い。

「嫌《いや》な予感《よかん》しかしませんが……ワンダー・チェンジ」

アリスは魔法《まほう》の言葉《ことば》を唱《とな》え、ご当地《とうち》キャラを身《み》にまとった。

アリスがこちらの世界《せかい》に戻《もど》ると、ほんの2秒《びょう》しか経《た》っていなかった。

（この姿《すがた》は……さすがに落《お》ち込《こ》む）

今《いま》のアリスは、ご当地《とうち》キャラ『ラッキー・テントー』。

触覚《しょっかく》のカチューシャをつけた頭《あたま》の部分《ぶぶん》は出《で》ているが、体《からだ》は丸《まる》っこいナナホシテントウムシの姿《すがた》をしている。

星《ほし》のついた真《ま》っ赤《か》な甲羅《こうら》は、手足《てあし》を縮《ちぢ》めればアリスが楽《らく》に隠《かく》れられる大《おお》きさだ。

「アリス・リドル⁉」

控《ひか》え室《しつ》に戻《もど》ると、リリカがアリスを指《ゆび》さし、悔《くや》しそうに声《こえ》を上《あ》げた。

「策士《さくし》ですわね、いつもいつも突然現《とつぜんあらわ》れて！　自分《じぶん》だけ面白《おもしろ》い着《き》ぐるみで目立《めだ》とうなんて、卑怯《ひきょう》ですわね！　神崎《かんざき》！」

リリカがパチンと指《ゆび》を鳴《な》らしてそう呼《よ》ぶと、どこからともなく正装《せいそう》した初老《しょろう》の男性《だんせい》がさっと姿《すがた》を現《あらわ》した。

赤妃《あかひ》家《け》の執事《しつじ》、神崎《かんざき》である。

「この私《わたし》にピッタリの、ご当地《とうち》キャラのコスチュームを用意《ようい》なさい」

「はい、お嬢様《じょうさま》」

神崎《かんざき》は理不尽《りふじん》な命令《めいれい》にも落《お》ち着《つ》いて頭《あたま》を下《さ》げ、続《つづ》けて尋《たず》ねる。

「お時間《じかん》は、いかほどいただけましょうか？」

「そうね。20分《ぷん》で」

「デザイナーは、いつものパリのあの方《かた》で？」

「あなたの判断《はんだん》に任《まか》せます」

「では、少々《しょうしょう》お待《ま》ちを」

神崎《かんざき》は現《あらわ》れた時《とき》と同様《どうよう》、さっと姿《すがた》を消《け》した。


「お待《ま》たせを」

神崎《かんざき》は本当《ほんとう》に20分《ぷん》で戻《もど》ってきた。

「ご苦労《くろう》」

リリカは、神崎《かんざき》が持《も》ってきた衣装《いしょう》をササッとまとった。

もちろん、琉生《るい》たちには後《うし》ろを向《む》かせてのことだ。

「ごらんあれっ！　ゴージャス・アイドル戦士《せんし》リリーン降臨《こうりん》ですわ！」

リリカはみんなを向《む》き直《なお》らせた。

キラキラの派手《はで》なコスチュームに、怪《あや》しげなバトン。まるでアニメの主人公《しゅじんこう》である。

「さすがにこれは――」

「中学生《ちゅうがくせい》でこれはないですよ」

強《こわ》ばった顔《かお》を見合《みあ》わせる、琉生《るい》と計太《けいた》。

「だ、男子《だんし》には女《おんな》の子《こ》のロマンが分《わ》からないんですのよ！」

リリカは真《ま》っ赤《か》になってドンッと床《ゆか》を踏《ふ》みしめる。

「こういうことも……あります」

そんなリリカの肩《かた》を、アリスはなぐさめるように優《やさ》しく叩《たた》くのであった。


「やあ、みなさん！」

P《ピー》・P《ピー》・ジュニアは、コンテスト会場《かいじょう》のステージに向《む》かい、ご当地《とうち》キャラたちと、しょんぼりしていた伊部《いべ》さんに声《こえ》をかけた。

「市役所《しやくしょ》に連絡《れんらく》したんですが、コンテストは決行《けっこう》することになりましたよ〜」

「待《ま》ってよ！　着《き》ぐるみが3体《たい》も減《へ》っちゃってるのに？」

りんが信《しん》じられないというようにP《ピー》・P《ピー》・ジュニアを見《み》つめる。

「ご心配《しんぱい》なく！　このピンチを救《すく》うため、新《あら》たに2体《たい》のご当地《とうち》キャラが参戦《さんせん》してくれることになりました！」

「……じゃ〜ん」

「きらり〜ん、ですわ……」

アリスとリリカ、つまりラッキー・テントーとゴージャス・アイドル戦士《せんし》リリーンが登《とう》場《じょう》した。

琉生《るい》たちに不評《ふひょう》だったせいか、アリスだけでなくリリカまでいたたまれないという表情《ひょうじょう》だ。

「コンテスト開始《かいし》まであと1時間《じかん》7分《ふん》28秒《びょう》33！　みなさん、集合時間《しゅうごうじかん》まで自由行動《じゆうこうどう》ということにします！」

計太《けいた》が時計《とけい》を見《み》ながらみんなに告《つ》げる。

「……本当《ほんとう》に、また犯人《はんにん》が来《く》るんですの」

控《ひか》え室《しつ》へと向《む》かいながら、リリカがP《ピー》・P《ピー》・ジュニアにこっそり尋《たず》ねた。

「犯人《はんにん》はどうしてもこの『白瀬市最強《しらせしさいきょう》キャラクター決定《けってい》コンテスト』を中止《ちゅうし》にしたいから、2度《ど》も着《き》ぐるみを盗《ぬす》んだんです。それも、2度目《どめ》は爆竹《ばくちく》で警官《けいかん》を控《ひか》え室《しつ》から引《ひ》き離《はな》すなん

て、下手《へた》をすると見《み》つかってしまうような危険《きけん》を冒《おか》して。絶対《ぜったい》に、もう一度《いちど》現《あらわ》れます」

P《ピー》・P《ピー》・ジュニアは自信《じしん》たっぷりに頷《うなず》いた。

そして——。


数分後《すうふんご》。

他《ほか》には誰《だれ》もいない控《ひか》え室《しつ》で、アリスはラッキー・テントーの着《き》ぐるみの中《なか》に隠《かく》れていた。

警官《けいかん》も、琉生《るい》たちも控《ひか》え室《しつ》のそばにはいない。

犯人《はんにん》をおびき寄《よ》せるためだ。

(これ、けっこう硬《かた》いです)

ボウルを伏《ふ》せたようなラッキー・テントーの胴体《どうたい》の中《なか》は、暗《くら》くて気持《きも》ちがいい。

アリスはつい、ウトウト眠《ねむ》りそうになる。

たまに、宿題《しゅくだい》のことが頭《あたま》をよぎるが、今《いま》はそれを無視《むし》することにした。

しばらくして。

鉄《てつ》の扉《とびら》が開《ひら》く音《おと》がした。

誰《だれ》かがこちらに近《ちか》づいてくると、横《よこ》になっていたラッキー・テントーを引《ひ》っ張《ぱ》り起《お》こし、ゴロゴロと転《ころ》がし始《はじ》める。

(目《め》が……回《まわ》り……！)

どうやら、どこかに運《はこ》んでいくようだ。

「こんな重《おも》いの……でも……」

ラッキー・テントーを転《ころ》がす人物《じんぶつ》の声《こえ》が、かすかにアリスの耳《みみ》に届《とど》くが、着《き》ぐるみごしなので誰《だれ》の声《こえ》かまでは分《わ》からない。

アリスは遊園地《ゆうえんち》のグルグル回《まわ》るコーヒーカップが苦手《にがて》なのだが、あれにずっと乗《の》せられているような感《かん》じである。

そして、数分《すうふん》が経過《けいか》して。

ラッキー・テントーは乱暴《らんぼう》に倒《たお》された。

アリスは思《おも》わず声《こえ》を出《だ》しそうになって、自分《じぶん》の口《くち》を押《お》さえる。

「……気《き》のせい？」

ラッキー・テントーを運《はこ》んできた人物《じんぶつ》は、しばらく聞《き》き耳《みみ》を立《た》てていたようだが、やがてその気配《けはい》は遠《とお》ざかっていった。

アリスはしばらく待《ま》って、誰《だれ》も戻《もど》ってこないのを確《たし》かめると、ラッキー・テントーから這《は》い出《だ》した。

あたりは真《ま》っ暗《くら》。

アリスは手探《てさぐ》りでコンクリートの壁《かべ》を伝《つた》い、照明《しょうめい》のスイッチらしきものを見《み》つけて入《い》れてみる。

見渡《みわた》してみると、ここはコンクリートの壁《かべ》に囲《かこ》まれた小《ちい》さな部屋《へや》らしい。

当然《とうぜん》、扉《とびら》には鍵《かぎ》がかかっている。

部屋《へや》の奥《おく》には配電盤《はいでんばん》のようなものがあり、盗《ぬす》まれたシロクマン、白《しろ》ゴン、ナマコ市長《しちょう》、それに今《いま》までアリスが入《はい》っていたラッキー・テントーとゴージャス・アイドル戦士《せんし》リリーンが床《ゆか》に転《ころ》がっている。

アリスはまずスマートフォンを取《と》り出《だ》した。

「圏外《けんがい》」

運《はこ》び込《こ》まれた場所《ばしょ》をP《ピー》・P《ピー》・ジュニアに報《しら》せるはずだったのだが、これでは無理《むり》だ。G《ジー》

PS《ピーエス》で発見《はっけん》してもらうこともできない。

肩《かた》を落《お》としたアリスは、もう一度《いちど》あたりを見渡《みわた》してみる。

すると。

「瞳《ひとみ》さん？」

後《うし》ろ手《で》に縛《しば》り上《あ》げられた中野瞳《なかのひとみ》の姿《すがた》が部屋《へや》の隅《すみ》にあった。

アリスが揺《ゆ》り動《うご》かすと、瞳《ひとみ》は目《め》を開《ひら》いた。

どうやら、怪我《けが》はないようだ。

「あなたは？」

瞳《ひとみ》はアリスを見《み》つめ、それから顔《かお》をしかめて頭《あたま》を横《よこ》に何度《なんど》か振《ふ》った。

「私《わたし》はアリス・リドル。名探偵《めいたんてい》P《ピー》・P《ピー》・ジュニアのもうひとりの助手《じょしゅ》です。犯人《はんにん》の顔《かお》は？」

アリスは瞳《ひとみ》を縛《しば》っていたロープを解《ほど》きながら尋《たず》ねる。

「ううん。急《きゅう》に後《うし》ろから殴《なぐ》られて」

瞳《ひとみ》は首《くび》を横《よこ》に振《ふ》ると、立《た》ち上《あ》がってアリスと一緒《いっしょ》にあちこち調《しら》べ始《はじ》めた。

「……ここ、地下室《ちかしつ》みたいね？」

電波《でんぱ》が届《とど》かないのはそのせいだろう。

（地下室《ちかしつ》のある建物《たてもの》？）

アリスは、広場《ひろば》にそんなものがあったかどうか考《かんが》える。

噴水《ふんすい》、時計台《とけいだい》、ステージに、その控《ひか》え室《しつ》。

「ここは噴水《ふんすい》のポンプ室《しつ》かも」

アリスは噴水《ふんすい》のそばにあった、地下《ちか》へ続《つづ》く階段《かいだん》の入《い》り口《ぐち》を思《おも》い出《だ》した。

「本当《ほんとう》だ！　これ、噴水《ふんすい》を動《うご》かすポンプだよ、アリスちゃん！」

配電盤《はいでんばん》らしきものをいじっていた瞳《ひとみ》が頷《うなず》いた。

「うん。今《いま》は自動《じどう》で動《うご》かすようになっているけど、手動《しゅどう》に切《き》り替《か》えられそう。私《わたし》、けっこう機械《きかい》に強《つよ》いんだよ」

「だったら――」

アリスはこれからやってほしいことを瞳《ひとみ》に告《つ》げた。

「アリス、どこに行《い》ったんです～？」

Ｐ《ピー》・Ｐ《ピー》・ジュニアは、広場《ひろば》の芝生《しばふ》の上《うえ》を円《えん》を描《えが》くように走《はし》り回《まわ》っていた。

「スマートフォンは圏外《けんがい》！　さらわれた瞳《ひとみ》さんのところに案内《あんない》させるはずが、完全《かんぜん》に犯人《はんにん》に裏《うら》をかかれました〜っ！」

「落《お》ち着《つ》いてください。アリス・リドルちゃんは大丈夫《だいじょうぶ》ですったら！」

計太《けいた》が同《おな》じように円《えん》を描《えが》いてＰ《ピー》・Ｐ《ピー》・ジュニアを追《お》いかけ、なだめようとする。

「庶民《しょみん》の方《ほう》のアリスはどこに行《い》ったんですの⁉」

ふたりのアリスが本当《ほんとう》はひとり。

でも、それを知《し》らないリリカが顔《かお》をしかめる。

と、その時《とき》。

「ペンギン君《くん》、あれってもしかすると？」

ステージから周囲《しゅうい》を見渡《みわた》していた琉生《るい》が、噴水《ふんすい》を指《ゆび》さした。

水《みず》の噴《ふ》き出《だ》し方《かた》が、ついさっきまでとは変化《へんか》していた。

まず３回《かい》、短《みじか》めに。

それから長《なが》く３回《かい》。

また今度《こんど》は短《みじか》めに3回《かい》。

「テンテンテン、ツーツーツー、テンテンテン……そうです！　あれはモールス信号《しんごう》！　間違《まちが》いありませんよ、探偵《たんてい》シュヴァリエ！」

モールス信号《しんごう》は、電話《でんわ》が発明《はつめい》される前《まえ》、短《みじか》い信号《しんごう》の組《く》み合《あ》わせで文字《もじ》や数字《すうじ》を伝《つた》えた通《つう》信手段《しんしゅだん》だ。

短《みじか》い信号《しんごう》3回《かい》はS《エス》。

長《なが》い信号《しんごう》3回《かい》はO《オー》。

つまり、噴水《ふんすい》はSOS《エスオーエス》をくり返《かえ》しているのだ。

P《ピー》・P《ピー》・ジュニアはスマートフォンで冬吹刑事《ふぶきけいじ》たちに連絡《れんらく》し、噴水《ふんすい》のポンプ室《しつ》を目指《めざ》した。

バンッ！

扉《とびら》が開《ひら》き、琉生《るい》とP《ピー》・P《ピー》・ジュニアがポンプ室《しつ》に飛《と》び込《こ》んできた。

「アリス〜！」

まずＰ《ピー》・Ｐ《ピー》・ジュニアがアリスの腕《うで》の中《なか》に飛《と》び込《こ》む。

「無事《ぶじ》かい⁉」

続《つづ》いて、琉生《るい》がアリスに尋《たず》ねた。

計太《けいた》とリリカのあとに、ご当地《とうち》キャラたちと伊部《いべ》さんもやってくる。

「シロクマンだ！　会《あ》いたかった〜！」

中《なか》の人《ひと》だった大学生《だいがくせい》が着《き》ぐるみに抱《だ》きつき、頬《ほお》ずりをした。

「待《ま》っていてくれ！　今《いま》、変身《へんしん》するからな！　とおっ！」

大学生《だいがくせい》は変身《へんしん》のかけ声《ごえ》をかけてから、背中《せなか》のファスナーを開《あ》けて着《き》ぐるみの中《なか》に入《はい》る。

「…………」

この人《ひと》、本当《ほんとう》にシロクマンを愛《あい》しているんだなあ、ということは、アリスにもみんなにもよ〜く分《わ》かったようだ。

「瞳《ひとみ》！」

瞳《ひとみ》のところに駆《か》け寄《よ》ろうとするりん。

しかし。

「ちょっと待《ま》って」

P《ピー》・P《ピー》・ジュニアを抱《だ》きかかえたアリスが、その前《まえ》に立《た》ちふさがった。

「な、何《なに》？　どうしたの？」

りんはぎこちない笑顔《えがお》をアリスたちに向《む》ける。

「もうよしましょうよ、そういう演技《えんぎ》」

P《ピー》・P《ピー》・ジュニアはクチバシを開《ひら》いた。

「……あたしだって、分《わ》かってたんだ？」

りんの視線《しせん》が急《きゅう》に冷《ひ》ややかになった。

「白《しろ》ゴンの着《き》ぐるみですが、意外《いがい》と小《ちい》さいんですよ」

P《ピー》・P《ピー》・ジュニアは床《ゆか》の上《うえ》の着《き》ぐるみをヒレで指《さ》し示《しめ》した。

「体型《たいけい》が瞳《ひとみ》さんに近《ちか》い人《ひと》しか、着《き》ることはできません。関係者《かんけいしゃ》の中《なか》で、着《き》ることができる人《ひと》はりんさん、あなただけです」

「そんな……りんが？」

瞳《ひとみ》は信《しん》じられないと言《い》った表情《ひょうじょう》を浮《う》かべる。

「――どうして？」

「あんたが憎《にく》かったからよ！　あんたを犯人《はんにん》にしてやりたかったの！　あんたさえいなければと思《おも》ったのよ！」

りんは瞳《ひとみ》のことをまともに見返《みかえ》すことができなかった。

「同《おな》じ頃《ころ》に同《おな》じ劇団《げきだん》に入《はい》ったのに、監督《かんとく》が主役《しゅやく》に選《えら》ぶのはいつも瞳《ひとみ》！　その上《うえ》、今度《こんど》はTV《テレビ》のドラマの仕事《しごと》まで決《き》まって！　どうして？　どうしてあたしじゃいけないの!?」

りんは顔《かお》を手《て》でおおい、泣《な》き崩《くず》れる。

「あたしだってがんばってたんだよ？」

「それは――」

シロクマンがりんの肩《かた》に手《て》を置《お》いた。

「瞳《ひとみ》くんはどんな仕事《しごと》でもバカにせずに、いつも楽《たの》しんでやっていたからじゃないかな？」

「……楽《たの》しんで？」

りんはシロクマンを見上《みあ》げる。着《き》ぐるみ相手《あいて》でなければ感動的《かんどうてき》なシーンだ。

「そう。だから、白《しろ》ゴンのまわりには子供《こども》たちが集《あつ》まる。君《きみ》が演《えん》じるナマコ市長《しちょう》に、子供《こども》たちが集《あつ》まってくれたかい？」

シロクマンは言《い》った。

「…………」

ナマコ市長《しちょう》が好《す》かれないのはデザインのせいでは、とアリスは個人的《こじんてき》には思《おも》ったが、ここは黙《だま》っておくことにする。

「……ははは、そっか」

りんは涙《なみだ》を拭《ぬぐ》うと、扉《とびら》のところで手錠《てじょう》を握《にぎ》って立《た》っていた冬吹刑事《ふぶきけいじ》を振《ふ》り返《かえ》った。

「刑事《けいじ》さん、行《い》こ」

「手錠《てじょう》は……要《い》らないわね」

冬吹刑事《ふぶきけいじ》はそっと、りんの腕《うで》をつかんで立《た》たせる。

「……待《ま》って」

連《つ》れ出《だ》されようとするりんの背中《せなか》に、瞳《ひとみ》が声《こえ》をかけた。

「友《とも》だちだって……信《しん》じてたんだよ？」

「いいよね、これからスターになれる可能性《かのうせい》のある人《ひと》は」

りんは足《あし》を止《と》めたが、振《ふ》り返《かえ》ろうとはしなかった。

「でも、あたしはこのまま！　あんただって、そのうちあたしのことなんか忘《わす》れる！」

「忘《わす》れない！」

瞳《ひとみ》はりんに駆《か》け寄《よ》って、震《ふる》える背中《せなか》を抱《だ》きしめた。

「忘《わす》れる訳《わけ》ない！　私《わたし》だって、何度《なんど》も挫《くじ》けそうなことがあったんだよ。でも、今《いま》までりんと一緒《いっしょ》だからがんばれた！　りんが支《ささ》えだったんだよ！　……私《わたし》、りんが嫌《いや》なら今度《こんど》のTV《テレビ》の仕事《しごと》、降《お》りてもいい！」

「！」

「一緒《いっしょ》に、ふたりで合格《ごうかく》できるオーディション、探《さが》そう？」

「…………」

りんはふっと笑《わら》い、目《め》を閉《と》じる。

「あんたが出《で》るTV《テレビ》、楽《たの》しみにしてる。だから、降《お》りるなんて言《い》うな。あたしも絶対《ぜったい》、あんたに追《お》いつくから」

りんはそう誓《ちか》うと、冬吹刑事《ふぶきけいじ》を振《ふ》り返《かえ》る。

「その前《まえ》に、いろいろ償《つぐな》わなきゃいけないけど」

「刑事《けいじ》さん」

伊部《いべ》さんが冬吹刑事《ふぶきけいじ》に頭《あたま》を下《さ》げた。

「あまり重《おも》い罪《つみ》には問《と》わないでいただけませんか？」

「……まあ、そう言《い》うんなら。でも一応《いちおう》、署《しょ》の方《ほう》には来《き》てもらうわよ」

冬吹刑事《ふぶきけいじ》は、りんを連《つ》れて外《そと》に待《ま》たせているパトカーへと向《む》かう。

「……瞳《ひとみ》」

りんは扉《とびら》のところで立《た》ち止《ど》まった。

ステージの方《ほう》から、白《しろ》ゴンとシロクマンを呼《よ》ぶ子供《こども》たちの声《こえ》が聞《き》こえてくる。

「たくさん子供《こども》たちが集《あつ》まってるみたい。白《しろ》ゴン、最高《さいこう》のパフォーマンス見《み》せてやって」

「うん」

瞳《ひとみ》は涙《なみだ》を拭《ぬぐ》って、白《しろ》ゴンの着《き》ぐるみをかぶった。

「さあ、お客《きゃく》さんが待《ま》ってますよ！」

伊部《いべ》さんにうながされ、白《しろ》ゴンはステージへと向《む》かう。

「は〜じまりました、『白瀬市最強《しらせしさいきょう》キャラクター決定《けってい》コンテスト』！　まず登場《とうじょう》するのは、太古《たいこ》の眠《ねむ》りから目覚《めざ》めた大怪獣《だいかいじゅう》、白《しろ》ゴンだ〜！」

「がおがお〜っ！　白《しろ》ゴンだじょ〜！」

司会者《しかいしゃ》に呼《よ》ばれて白《しろ》ゴンが元気《げんき》に登場《とうじょう》すると、集《あつ》まっていた子供《こども》たちの間《あいだ》から歓声《かんせい》が上《あ》がった。

一方《いっぽう》。

「あ……このままでは、ナマコ市長《しちょう》の中《なか》の人《ひと》がいないことに」

控《ひか》え室《しつ》のアリスは、本当《ほんとう》ならりんが入《はい》るはずのナマコ市長《しちょう》の着《き》ぐるみが、まだ置《お》きっぱなしであることに気《き》がついた。

「そうでした！　どうしよう？」

伊部《いべ》さんが額《ひたい》に手《て》を当《あ》てる。

「大丈夫《だいじょうぶ》ですよ」

琉生《るい》は微笑《ほほえ》むと、計太《けいた》の肩《かた》に手《て》を置《お》いた。

「な、な、何《なん》でそんな目《め》で僕《ぼく》を見《み》るんです!?」

計太《けいた》は後《あと》ずさろうとしたが、琉生《るい》の手《て》は計太《けいた》の肩《かた》をガッチリつかんで逃《に》がそうとしない。

「白兎君《しらとくん》、ここは覚悟《かくご》を決《き》めて、ご当地《とうち》キャラデビューですよ」

P《ピー》・P《ピー》・ジュニアが計太《けいた》にウインクする。

「確《たし》かに。身長《しんちょう》が一番《いちばん》りんさんに近《ちか》いように見《み》えます」

アリスも同意《どうい》した。

「そ、そんなことありませんって！　僕《ぼく》の方《ほう》が2・35ミリ低《ひく》いです！」

「誤差《ごさ》の範囲《はんい》だ」

琉生《るい》が、ナマコ市長《しちょう》の頭《あたま》をすっぽりとかぶせる。

「やめて～っ！」

計太《けいた》はなおも抵抗《ていこう》を続《つづ》けるが、どうやら無駄《むだ》のようだ。

「さ、私《わたし》たちも参《まい》りましょう、P様《ピーさま》！　私《わたし》がさっき自分《じぶん》のSNS《エスエヌエス》で宣伝《せんでん》したので、会場《かいじょう》はすでに満席《まんせき》ですわ！」

リリカがP《ピー》・P《ピー》・ジュニアのヒレを握《にぎ》って一緒《いっしょ》にステージに向《む》かう。

「……ししょ～、小道具扱《マスコットあつか》いです」

アリスは琉生《るい》と一緒《いっしょ》に観客席《かんきゃくせき》に回《まわ》った。

そして、イベントは無事《ぶじ》に進《すす》み――。

「第《だい》1回白瀬《かいしらせ》市最強《しさいきょう》キャラクター決定《けってい》コンテストの優勝者《ゆうしょうしゃ》は！」

ドラム・ロールのあと、シンバルのジャ〜ンという音《おと》とともにライトが当《あ》たったのは、
リリカに抱《かか》えられてステージに登場《とうじょう》したP《ピー》・P《ピー》・ジュニアだった。

「探偵《たんてい》ペンギンさんです！」

「……ほへ？」

P《ピー》・P《ピー》・ジュニアの目《め》がまん丸《まる》になった。

「いえいえいえ、これ、おかしいでしょう？　私《わたし》、エントリーされてませんよ？」

「僕《ぼく》じゃなくてよかったです」

というホッとした声《こえ》は、ナマコ市長《しちょう》の中《なか》の人《ひと》となった計太《けいた》。

「新《あら》たなライバルの登場《とうじょう》だ！」

「おめでとう！」

シロクマンと白《しろ》ゴンがP《ピー》・P《ピー》・ジュニアを祝福《しゅくふく》した。

「まあ、今回《こんかい》は仕方《しかた》ありませんわね」

優勝《ゆうしょう》を逃《のが》したにもかかわらず、リリカも納得《なっとく》の表情《ひょうじょう》だ。

「優勝者《ゆうしょうしゃ》の探偵《たんてい》ペンギンさんには、記念《きねん》の盾《たて》とトロフィーが贈《おく》られます！」

伊部《いべ》さんは大《おお》きな盾《たて》とトロフィーをP《ピー》・P《ピー》・ジュニアに手渡《てわた》した。

（せめて賞金《しょうきん》か、御食事券《おしょくじけん》がよかったのに）

と、思《おも》うアリス。

「私《わたし》はご当地《とうち》キャラじゃありませ〜ん！　本物《ほんもの》の探偵《たんてい》なんですよ〜！」

P《ピー》・P《ピー》・ジュニアの抗議《こうぎ》の声《こえ》は、拍手《はくしゅ》と歓声《かんせい》にむなしくかき消《け》されるのであった。


ちなみに。

アリス、リリカ、計太《けいた》の3人《にん》は月曜日《げつようび》に宿題《しゅくだい》が間《ま》に合《あ》わず、先生《せんせい》にこっぴどくしかられた。

ファイル・ナンバー1

狙《ねら》われた吸《きゅう》血《けつ》鬼《き》

今日《きょう》は第《だい》2土曜《どよう》。

『ペンギン探偵社《たんていしゃ》』は定休日《ていきゅうび》である。

アリスとP《ピー》・P《ピー》・ジュニアは、マッシュルームと生《なま》ハムのキッシュにクロワッサン、それにシナモン入《い》りのカフェ・オ・レで遅《おそ》い朝食《ちょうしょく》を取《と》っていた。

TV《テレビ》では、「驚天動地《きょうてんどうち》！　500円《ワンコイン》で大満足《だいまんぞく》の海鮮丼《かいせんどん》！」というグルメ情報《じょうほう》のあとに、CM《シーエム》を挟《はさ》んで芸能《げいのう》ニュースが始《はじ》まっていた。

アリスはつけっぱなしのTV《テレビ》を特《とく》に見《み》てはいなかったが、聞《き》き覚《おぼ》えのある声《こえ》を耳《みみ》にして顔《かお》を上《あ》げた。

声《こえ》の主《ぬし》は瑞野明璃《みずのあかり》。

前《まえ》に会《あ》ったことのある、人気《にんき》アナウンサーである。

「みゅふふふ〜」

P《ピー》・P《ピー》・ジュニアはカフェ・オ・レのボウルをクチバシに運《はこ》ぶのも忘《わす》れ、液晶画面《えきしょうがめん》に釘《くぎ》づけになっている。

実《じっ》は、P《ピー》・P《ピー》・ジュニアは明璃《あかり》の大《だい》ファンなのだ。

「来週公開《らいしゅうこうかい》になる人気沸騰中《にんきふっとうちゅう》のホラー・ラブストーリー、『スウィート・ブラッド・ショコラ』のキャンペーンのために、人気《にんき》ハリウッド・スターのアルカード・シェリーさんが来日《らいにち》しました」

大映《おおうつ》しになっているのは、背《せ》の高《たか》い、黒髪《くろかみ》に紫《むらさき》の瞳《ひとみ》の青年《せいねん》だ。

フラッシュが焚《た》かれるなか、胸《むね》が大《おお》きく開《あ》いたシャツを着《き》た青年《せいねん》は、リリカと腕《うで》を組《く》み、笑顔《えがお》を振《ふ》りまいている。

「シェリーさんは共演《きょうえん》の赤妃《あかひ》リリカさんとともに、プレミア試写会《ししゃかい》のレッド・カーペットを歩《ある》き、私《わたし》たちの質問《しつもん》に――」

明璃《あかり》がレポートを続《つづ》けている途中《とちゅう》で、玄関《げんかん》のチャイムが鳴《な》った。

「……はい」

P《ピー》・P《ピー》・ジュニアがいっこうに出《で》る気配《けはい》がなかったので、アリスが玄関《げんかん》に向《む》かった。

(定休日《ていきゅうび》、という札《ふだ》が扉《とびら》にかかっているのだから、仕事《しごと》ではないはず)

いつもとは違《ちが》う気楽《きらく》な気分《きぶん》で、アリスは扉《とびら》を開《あ》けた。

すると——。

「ハ〜イ、ハニー」

そこに立《た》って、アリスに向《む》かって手《て》を振《ふ》ったのは、どこかで見《み》たことのある人物《じんぶつ》である。

知《し》り合《あ》いではない。

でも、背《せ》が高《たか》く、黒髪《くろかみ》で、紫《むらさき》の瞳《ひとみ》には確《たし》かに見覚《みおぼ》えがある。

「!?」

アリスは急《いそ》いでTV《テレビ》の前《まえ》に戻《もど》った。

背《せ》が高《たか》く——。

黒髪《くろかみ》で——。

紫《むらさき》の瞳《ひとみ》。

画面《がめん》には、まったく同《おな》じ顔《かお》が映《うつ》っている。

つまり、ハリウッド・スター、アルカード・シェリーが、現在《げんざい》、ここ、『ペンギン探偵《たんてい》社《しゃ》』に来《き》ているということだ。

「……ししょ～、ししょ～っ！」

アリスは、P《ピー》・P《ピー》・ジュニアの肩《かた》──どこが肩《かた》かは微妙《びみょう》だが──を叩《たた》いた。

「何《なん》ですか？　今《いま》、私《わたし》はと～っても忙《いそが》しいんです」

明璃《あかり》が映《うつ》っているので、P《ピー》・P《ピー》・ジュニアはTV《テレビ》にかじりついて離《はな》れようとしない。

「こっち！」

アリスは強引《ごういん》にP《ピー》・P《ピー》・ジュニアを玄関《げんかん》に引《ひ》っ張《ぱ》っていった。

「この人《ひと》」

アリスはアルカードの前《まえ》に、P《ピー》・P《ピー》・ジュニアを立《た》たせる。

「…………どなた？」

P《ピー》・P《ピー》・ジュニアは首《くび》を──ないけど──傾《かし》げた。

「うそっ！　知《し》らない訳《わけ》ないよね⁉」

ショックを受《う》けて、玄関《げんかん》のアルカードは後《あと》ずさる。

「ほら、さっきTV《テレビ》に出《で》てた」

アリスが説明《せつめい》した。

「私《わたし》、明璃《あかり》さんしか見《み》ていません」

P《ピー》・P《ピー》・ジュニアは断言《だんげん》する。

「僕《ぼく》、僕《ぼく》！　アルカード・シェリー！　大《だい》スター！」

アルカードは自分《じぶん》を指《ゆび》さした。

「ふ〜ん？」

P《ピー》・P《ピー》・ジュニアは、指名手配犯《しめいてはいはん》を見《み》るような目《め》をアルカードに向《む》ける。

「そのアルカードって人《ひと》をよく知《し》りませんが、あなた、本当《ほんとう》にその人《ひと》なんですか？　そっくりさんじゃなく？」

「本物《ほんもの》だよ！　よく見《み》てて――」

アルカードはせき払《ばら》いしてから、左手《ひだりて》を腰《こし》に当《あ》て右手《みぎて》を高《たか》くかかげた。

「呪《のろ》われた太陽《たいよう》よ！　貴様《きさま》とて、この愛《あい》は引《ひ》き裂《さ》けまい！」

「…………………………」

「……………………」

アリスとP《ピー》・P《ピー》・ジュニアは、思《おも》い入《い》れたっぷりのアルカードの台詞《せりふ》に、きょとんとした顔《かお》になる。

「あ、あれ～？　これ、知《し》らない？　僕《ぼく》がアカデミーの主演男優賞候補《しゅえんだんゆうしょうこうほ》になった『吸血鬼《きゅうけつき》の絵日記《えにっき》』のクライマックス？」

どうやら、自分《じぶん》が主演《しゅえん》した映画《えいが》のワンシーンを再現《さいげん》したらしい。

「見《み》てないですね～」

P《ピー》・P《ピー》・ジュニアは、クチバシを左右《さゆう》に振《ふ》った。

アリスもそんな映画《えいが》は知《し》らない。

「ともかく、今日《きょう》は定休日《ていきゅうび》ですよ」

P《ピー》・P《ピー》・ジュニアは扉《とびら》を閉《し》めようとする。

「わわわっ！　ちょっと待《ま》って！　リリカさん、お願《ねが》いしま～す！」

アルカードは体《からだ》を半分《はんぶん》、探偵社《たんていしゃ》の中《なか》にこじ入《い》れるようにして、背中《せなか》を振《ふ》り返《かえ》る。

「アルカード・シェリー、あなたの名声《めいせい》も、まだまだということのようですわね！　この、正真正銘《しょうしんしょうめい》の世界《せかい》の大《だい》スター、赤妃《あかひ》リリカを見習《みなら》うとよいですわ！」

高笑《たかわら》いとともにリリカが現《あらわ》れ、アルカードを下《さ》がらせて入《はい》ってきた。

「P様《ピーさま》、アルカードはこの私《わたし》の紹介《しょうかい》ですの。依頼《いらい》を受《う》けてくださらないかしら？」

リリカはしゃがんで、P《ピー》・P《ピー》・ジュニアのヒレを握《にぎ》る。

「ムニュウ、今日《きょう》はお休《やす》みなんですよ」

P《ピー》・P《ピー》・ジュニアは、あまりやりたくなさそうな顔《かお》である。

「……昨日《きのう》、瑞野明璃《みずのあかり》さんにサインをいただきましたの。あなたに差《さ》し上《あ》げようと思《おも》って」

リリカはパチンと指《ゆび》を鳴《な》らした。

「こちらでございます」

どこからともなく執事《しつじ》の神崎《かんざき》が現《あらわ》れ、サイン色紙《しきし》をチラリと見《み》せる。

「お引《ひ》き受《う》けしましょう！」

P《ピー》・P《ピー》・ジュニアはコロッと態度《たいど》を変《か》え、サイン色紙《しきし》に飛《と》びついた。

「……ししょ～、チョロすぎ」

アリスは頭《あたま》を振《ふ》った。


「で――」

明璃《あかり》のサイン色紙《しきし》を額《がく》に入《い》れて壁《かべ》に飾《かざ》ったP《ピー》・P《ピー》・ジュニアは、リリカとアルカードに
アールグレイ紅茶《こうちゃ》を用意《ようい》した。

「どのような事件《じけん》なんです？」

「実《じつ》は！」

アルカードは紅茶《こうちゃ》のカップを置《お》いて立《た》ち上《あ》がり、髪《かみ》をかき上《あ》げてポーズを取《と》る。

「この僕《ぼく》は付《つ》け狙《ねら》われている！」

「ストーカー？」

アリスは聞《き》いた。

ストーカーというのは、しつこくつきまとって嫌《いや》がらせを繰《く》り返《かえ》す人物《じんぶつ》のことだ。

「ストーカーよりずっと危険《きけん》な存在《そんざい》だよ！」

アルカードがググッと顔《かお》を近《ちか》づけてきたので、アリスは思《おも》わずのけぞる。

「僕《ぼく》を狙《ねら》っているのは……ヴァンパイア・ハンターなんだ」

アルカードはアリスの耳元《みみもと》にささやいた。

「……はい？」

アリスは、アルカードの美《うつく》しい顔《かお》を見《み》つめ返《かえ》した。

映画《えいが》やドラマなどで知《し》る限《かぎ》り、ヴァンパイア・ハンターというのは、吸血鬼《きゅうけつき》を退治《たいじ》する人間《にんげん》のこと。

そのヴァンパイア・ハンターに狙《ねら》われているということは……。

「そっ、僕《ぼく》、吸血鬼《きゅうけつき》。あ、でも悪《わる》いことはしないよ。血《ち》だって、どうしても欲《ほ》しい時《とき》はお金《かね》出《だ》して買《か》うし。だいたいこの時代《じだい》、他《ほか》にもっと美味《おい》しいものあるでしょ？」

アルカードは自分《じぶん》を指《ゆび》さして白《しろ》い歯《は》を——というか牙《きば》を——見《み》せた。

「……ほんとに？」

アリスには吸血鬼《きゅうけつき》がこの日本《にほん》にいて、真《ま》っ昼間《ぴるま》から出歩《である》いていることが信《しん》じられない。

だが。

「でしょうねえ。名前《なまえ》を聞《き》いてすぐに分《わ》かりましたよ」

P《ピー》・P《ピー》・ジュニアは、特《とく》に驚《おどろ》いたような様子《ようす》を見《み》せなかった。

「さすがP様《ピーさま》！」

リリカがP《ピー》・P《ピー》・ジュニアをムギュ〜ッと抱《だ》きしめる。

「アルカードなんて、吸血鬼《きゅうけつき》だってバレバレの偽名《ぎめい》じゃないですか？」

P《ピー》・P《ピー》・ジュニアはリリカに抱《だ》きかかえられたまま、ホワイトボードの前《まえ》に運《はこ》んでもらうと、アルカードの名前《なまえ》を英語《えいご》で書《か》いてみせる。

「……あ」

アリスも気《き》がついた。

アルカードのつづりはALUCARD《エーエルユーシーエーアールディー》。

逆《さか》さに読《よ》めばドラキュラだ。

「これは先祖代々《せんぞだいだい》使《つか》ってる名前《なまえ》だから、変《か》えられないんだよ」

アルカードは傷《きず》ついたような顔《かお》になる。

「先祖代々《せんぞだいだい》、おバカさんですか、あなたの一族《いちぞく》は？」

Ｐ《ピー》・Ｐ《ピー》・ジュニアは、あきれたようにクチバシを横《よこ》に振《ふ》った。

「アメリカやヨーロッパだと、ヴァンパイア・ハンターが僕《ぼく》に近《ちか》づけないように裁判所《さいばんしょ》が判決《はんけつ》を出《だ》してくれたから、簡単《かんたん》には僕《ぼく》を狙《ねら》えないんだけどねえ」

と、アルカード。

「日本《にほん》では、その判決《はんけつ》も効果《こうか》がないわけですね？」

Ｐ《ピー》・Ｐ《ピー》・ジュニアが質問《しつもん》した。

「そう。だから彼女《かのじょ》、今《いま》がチャンスだと思《おも》ってるんだ」

アルカードは急《きゅう》に寒気《さむけ》を覚《おぼ》えたように身震《みぶる》いする。

「彼女《かのじょ》、ということは……ヴァンパイア・ハンターは女《おんな》の人《ひと》？」

今度《こんど》はアリスが尋《たず》ねた。

「これが――」

アルカードは、スマートフォンの静止画像《せいしがぞう》をアリスたちに見《み》せる。

「ミーナ・ヴァン・ヘルシング。僕《ぼく》のおじいさんを退治《たいじ》した、ヴァンパイア・ハンターのひいひいひいひいひい孫《まご》だよ」

そこに写《うつ》っているのは、首《くび》に大《おお》きな十字《じゅうじ》のロザリオを下《さ》げ、シスターの服《ふく》をまとった女《おんな》の子《こ》だった。

手《て》には何故《なぜ》か、大《おお》きな機《き》関銃《かんじゅう》が握《にぎ》られている。

「このヴァンパイア・ハンターの魔《ま》の手《て》から、映画《えいが》のキャンペーンで日本《にほん》にいる間《あいだ》の4日《か》間《かん》、アルカードを守《まも》ってもらいたいんですの」

リリカがP《ピー》・P《ピー》・ジュニアのヒレを握《にぎ》った。

「アルカードに何《なに》かあったら、せっかくの私《わたし》の映画《えいが》のキャンペーンが台無《だいな》しになってしまいますもの。ね、P様《ピーさま》、この赤妃《あかひ》リリカのためだと思《おも》って」

「僕《ぼく》のことを心配《しんぱい》してくれたからじゃないんだ」

アルカードは肩《かた》を落《お》とす。

「……ウニュ〜、そうですね」

ちょっと考《かん》えてから、P《ピー》・P《ピー》・ジュニアはクチバシを縦《たて》に振《ふ》った。

「アルカードはど〜でもいいんですが、赤妃《あかひ》さんは大切《たいせつ》なお友《とも》だちですから」

「……どうでもいい？」

アルカードはさらに暗《くら》くなる。アリスも顔負《かおま》けの落《お》ち込《こ》みやすい性格《せいかく》だ。

「P様《ピーさま》！　さすがはこの私《わたし》の見込《みこ》んだ名探偵《めいたんてい》ですわ！」

リリカの方《ほう》は飛《と》び上《あ》がりそうなくらいに喜《よろこ》んで、またもやP《ピー》・P《ピー》・ジュニアをムギュ～と抱《だ》きしめた。

(引《ひ》き受《う》けたのは、明璃《あかり》さんのサインをもらったからなのでは？)

アリスはそう思《おも》ったが、ここは黙《だま》っておくことにした。

と、その時《とき》。

チャチャッチャチャチャラ～ンラララ～！

アリスのスマートフォンが、琉生《るい》からの着信《ちゃくしん》を告《つ》げた。

「スマートフォンは……えぇっと……ここに確《たし》か………はい？」

アリスはモタモタしてポシェットからスマートフォンを引《ひ》っ張《ぱ》り出《だ》すのに3分近《ぷんちか》くかかったが、琉生《るい》は辛抱強《しんぼうづよ》く出《で》るのを待《ま》ってくれていた。

『夕星《ゆうずつ》さん』

アリスは琉生《るい》の声《こえ》を聞《き》くと、ちょっと緊張《きんちょう》する。自分《じぶん》ごときに連絡《れんらく》してくれて、非常《ひじょう》に申《もう》し訳《わけ》ないと思《おも》ってしまうのだ。

『ペンギン君《くん》は一緒《いっしょ》にいるかな？　いるんだったら、スピーカー・モードにしてほしいんだけど？』

「……了解《りょうかい》しました」

声《こえ》の感《かん》じからすると、事件関係《じけんかんけい》のようである。

アリスはまたモタモタしながら、何《なん》とかスピーカー・モードにして、P《ピー》・P《ピー》・ジュニアにも話《はなし》が聞《き》こえるようにした。

『ペンギン君《くん》、夕星《ゆうずつ》さん』

琉生《るい》の声《こえ》が、ふたりに呼《よ》びかける。

『ニュースでもやっていたから、映画《えいが》のキャンペーンでアルカード・シェリーが来日《らいにち》していることは知《し》っているね？』

「赤妃《あかひ》さんと共演《きょうえん》している方《かた》です」

アリスが答《こた》える。

『じゃあ、彼《かれ》が吸血鬼《きゅうけつき》であることは？』

「！」

アリスとＰ《ピー》・Ｐ《ピー》・ジュニアは息《いき》を呑《の》んだ。

『僕《ぼく》はヴァンパイア・ハンターのミーナ・ヴァン・ヘルシングから、アルカードを退治《たいじ》するのに協力《きょうりょく》してほしいと頼《たの》まれた。ペンギン君《くん》は赤妃《あかひ》さんのお気《き》に入《い》りだから、もしかすると、アルカードの警護《けいご》を頼《たの》まれているんじゃないかと思《おも》ってね』

琉生《るい》の推理《すいり》は大当《おおあ》たりだ。

『もしかして、もうそちらにアルカードが行《い》っているのではないでしょうか？』

琉生《るい》とは別《べつ》の、女《おんな》の子《こ》の声《こえ》が聞《き》こえてきた。

「！」

アルカードは驚《おどろ》いて小《ちい》さなコウモリに変身《へんしん》し、電気《でんき》スタンドのシェイドの中《なか》に隠《かく》れる。

『申《もう》し遅《おく》れました。私《わたし》、ミーナ・ヴァン・ヘルシングと申《もう》します。先祖代々《せんぞだいだい》、吸血鬼狩《きゅうけつきが》りを生業《なりわい》とさせていただいております』

アリスやリリカとあまり年《とし》は違《ちが》わない声《こえ》の感《かん》じだ。

「……生業《なりわい》って何《なん》ですの？」

リリカがアリスにささやく。

「さあ？」

アリスも知《し》らない。

「お仕事《しごと》のことです」

P《ピー》・P《ピー》・ジュニアがせき払《ばら》いして教《おし》えてくれた。

『吸血鬼《きゅうけつき》は生《う》まれながらの悪《あく》。あなた方《がた》にも協力《きょうりょく》いただけるとありがたいのですが？』

ミーナは言《い》った。

『ペンギン君《くん》、もしアルカードが君《きみ》の探偵社《たんていしゃ》に来《き》ているのなら、僕《ぼく》らに引《ひ》き渡《わた》してほしい。彼《かれ》は吸血鬼《きゅうけつき》、危険《きけん》な存在《そんざい》だ』

琉生《るい》の声《こえ》は、いつものように優《やさ》しくはない。

『ミステリー・プリンス』の探偵《たんてい》シュヴァリエとして犯人《はんにん》を追《お》いつめる時《とき》の、きびしい声《こえ》だ。

「もし、そのアルカードがここに来《き》たとして、本当《ほんとう》に吸血鬼《きゅうけつき》だとしても、長年《ながねん》ハリウッド・スターとして活躍《かつやく》しているんでしょう？　私《わたし》には、危険《きけん》だとは思《おも》えませんが？」

P《ピー》・P《ピー》・ジュニアは慎重《しんちょう》に言葉《ことば》を選《えら》んで答《こた》える。

『アルカードは来日《らいにち》してからすでに空港《くうこう》でひとり、女《おんな》の子《こ》を襲《おそ》っている。それでも危険《きけん》とは？』

琉生《るい》は続《つづ》けた。

「！」

アリスたちが電気《でんき》スタンドの方《ほう》を見《み》ると、コウモリ姿《すがた》のアルカードはランプ・シェイドの下《した》からのぞかせた頭《あたま》を左右《さゆう》に振《ふ》る。

『助《たす》けを求《もと》めてきた者《もの》を引《ひ》き渡《わた》す。そのことにためらいがあることは理解《りかい》できるよ。赤妃《あかひ》さんからの頼《たの》みだろうから、特《とく》にね。だから、ペンギン君《くん》には明日《あした》の朝《あさ》まで考《かんが》える時間《じかん》をあげる。よく考《かんが》えて結論《けつろん》を出《だ》してほしい』

琉生《るい》はそう告《つ》げて、電話《でんわ》を切《き》った。

「あ〜、怖《こわ》かった。ひどい話《はなし》だよね。僕《ぼく》、もう115年《ねん》は人《ひと》を襲《おそ》っていないのに」

ランプ・シェイドの下《した》から出《で》てきたアルカードは人間《にんげん》の姿《すがた》に戻《もど》った。

「本当《ほんとう》に、無実《むじつ》？」

アリスは聞《き》いてみる。

「ほんとほんと〜。十字架《じゅうじか》に誓《ちか》ってもいい」

「それでは信《しん》じてよろしいのかどうか、分《わ》かりませんわよ」

リリカがため息《いき》をつく。

「まあ、こんなおマヌケさんに襲《おそ》われる人《ひと》がいるとも思《おも》えませんが……。あなた、かなりの弱虫《チキン・ハート》ですねえ？」

と、P《ピー》・P《ピー》・ジュニア。

「せめて用心深《ようじんぶか》いと言《い》ってほしいんだけど」

「だいたい、吸血鬼《きゅうけつき》は弱点多《じゃくてんおお》すぎですよ。十字架《じゅうじか》に弱《よわ》い、ニンニクに弱《よわ》い、聖水《せいすい》に弱《よわ》い、日光《にっこう》に弱《よわ》い――」

P《ピー》・P《ピー》・ジュニアは数《かぞ》え上《あ》げた。

「あ、でもね、日光《にっこう》はだいぶ克服《こくふく》したんだよ。日中外《にっちゅうそと》に出《で》られないと、俳優《はいゆう》やっていられないからね。今《いま》は日焼《ひや》け止《ど》めを塗《ぬ》れば大丈夫《だいじょうぶ》」

アルカードは胸《むね》を張《は》る。

「そういえば、カミナリにやられる映画《えいが》もありましたねえ」

と、P《ピー》・P《ピー》・ジュニア。

「いやいや、普通《ふつう》の人間《にんげん》だって頭《あたま》にカミナリ落《お》ちたらやられるでしょ？」

「そう言《い》えば、あなた鏡《かがみ》に映《うつ》らないいんでしょ？　メイクとかどうしてるんです？」

「自分《じぶん》でやってるよ。ほら、カメラには映《うつ》るから、スマートフォンのミラー機能《きのう》を使《つか》って。最近《さいきん》は便利《べんり》だねー」

この1羽《わ》とひとり、何《なん》のかんのいって話《はなし》が合《あ》うようである。

「それで――」

話《はなし》が脱線《だっせん》してるので、アリスが尋《たず》ねた。

「本当《ほんとう》に人《ひと》を襲《おそ》ったの？」

「だから～、血《ち》が欲《ほ》しくなったらお金《かね》を出《だ》して買《か》うってば。僕《ぼく》、大《だい》スター。お金《かね》には困《こま》ってないんだよ」

アルカードの顔《かお》つきを見《み》ると、嘘《うそ》をついているようには思《おも》えない。

「それはそれで、助《たす》ける気《き》が失《う》せるんですが。とにかく《エニィウェイ》――」

P《ピー》・P《ピー》・ジュニアは顔《かお》をしかめてから続《つづ》ける。

「探偵《たんてい》シュヴァリエは考《かんが》える時間《じかん》をくれると言《い》いました。あなたの身《み》は明日《あした》の朝《あさ》、私《わたし》が彼《かれ》にどうするつもりか伝《つた》えるまでは安全《あんぜん》だと思《おも》ってかまわないでしょう。だから今日《きょう》はこのまま帰《かえ》っても大丈夫《だいじょうぶ》ですよ。で、明日《あした》のお仕事《しごと》は？」

「東京《とうきょう》のTV局《テレビきょく》『フリージング・チャンネル』のバラエティ番組《ばんぐみ》で映画《えいが》の宣伝《せんでん》ですわ」

リリカが答《こた》える。

「明日《あした》の朝《あさ》、一番《いちばん》で迎《むか》えに行《い》きましょう！」

『フリージング・チャンネル』は瑞野明璃《みずのあかり》がいるTV局《テレビきょく》。

ものすごく分《わ》かりやすいP《ピー》・P《ピー》・ジュニアである。

「アリス」

P《ピー》・P《ピー》・ジュニアはアリスの方《ほう》を振《ふ》り返《かえ》った。

「あなたはその、空港《くうこう》で襲《おそ》われたという女《おんな》の子《こ》の方《ほう》を調《しら》べてください。アルカードでなければ、誰《だれ》が襲《おそ》ったのか気《き》になるところですからね」

「了解《りょうかい》です」

アリスは頷《うなず》いた。

その夜《よる》。

アリスは計太《けいた》に連絡《れんらく》し、吸血鬼《きゅうけつき》に関《かん》する情報《じょうほう》を送《おく》ってもらった。

それをざっと見《み》てみると——。

さっきP《ピー》・P《ピー》・ジュニアが言《い》っていたとおり、吸血鬼《きゅうけつき》をやっつける方法《ほうほう》は掃《は》いて捨《す》てるほどあるようだが、守《まも》る手段《しゅだん》はなかなかないようである。

映画《えいが》やTV《テレビ》では闇《やみ》の帝王《ていおう》みたいに扱《あつか》われている吸血鬼《きゅうけつき》だけど、実際《じっさい》は史上最弱《しじょうさいじゃく》のモンスターのような気《き》がしてきた。

「ハンプティ・ダンプティなら——」

鏡《かがみ》の国《くに》の仕立屋《テイラー》なら、何《なに》か吸血鬼《きゅうけつき》を守《まも》るのにちょうどいいコスチュームを知《し》っているかも。

アリスはふと、そう思《おも》いつき、ベッドから体《からだ》を起《お》こして枕元《まくらもと》の鏡《かがみ》に手《て》を伸《の》ばした。

「鏡《かがみ》よ、鏡《かがみ》……」

ハンプティ・ダンプティは水《みず》を張《は》ったバケツに糸《いと》を垂《た》らして釣《つ》りをしていた。

アリスは、さっそくさっき思《おも》いついたことを相談《そうだん》する。

「吸血鬼《きゅうけつき》を守《まも》る？　となると、服《ふく》よりも道具《アイテム》が必要《ひつよう》かも知《し》れないね」

話《はなし》を聞《き》いたハンプティ・ダンプティは答《こた》えた。

「そんなものまで作《つく》れるの？」

と、アリス。

「いや、そういうのを頼《たの》むのに、うってつけの奴《やつ》がいるんだ。会《あ》ってみるかい？」

「是非《ぜひ》」

アリスはコクコクと頷《うなず》く。

「それじゃ、案内《あんない》するよ」

ハンプティ・ダンプティは上着《うわぎ》の内《うち》ポケットからヒマワリの種《たね》を何粒《なんつぶ》か取《と》り出《だ》すと、それをポイッとまいた。

アリスは、頭《あたま》の上《うえ》と足元《あしもと》に注意《ちゅうい》を向《む》ける。

気《き》まぐれな地面《じめん》はどちらの方向《ほうこう》から来《く》るか、分《わ》からないから。

この前《まえ》は上《うえ》から来《き》て、アリスは涙目《なみだめ》になるほど頭《あたま》をぶつけていた。

(今日《きょう》は上《うえ》から、下《した》から?)

と、思《おも》っていると——。

「ひゃう!」

アリスは頬《ほ》っぺたから着地《ちゃくち》した。

意表《いひょう》を突《つ》いて、地面《じめん》は横《よこ》からやってきたらしい。

「……ううう」

アリスはどうも、地面《じめん》とは相性《あいしょう》がよくないようだ。

「災難《さいなん》だねえ」

ハンプティ・ダンプティが差《さ》し出《だ》した手《て》を握《にぎ》って立《た》ち上《あ》がると、アリスはワンピースについた泥《どろ》を払《はら》ってまわりを見《み》た。

どうやらここは森《もり》の中《なか》らしい。

ついていたことに、すぐ正面《しょうめん》に看板《かんばん》が出《で》ていた。

帽子屋の道具店《アイテム・ショップ》
疑《うたが》いを持《も》たず、正直《しょうじき》に、間違《まちが》いなく絶対《ぜったい》に右《みぎ》に進《すす》むこと。
→

と、ご丁寧《ていねい》に矢印《やじるし》つきで看板《かんばん》には書《か》いてある。

もちろん。

ハンプティ・ダンプティは看板《かんばん》には従《したが》わず、左《ひだり》に進《すす》んだ。

すると、すぐに帽子屋《ぼうしや》の店《みせ》は見《み》つかった。

おしゃれな出窓《でまど》のようなショウウインドウがある、イギリスの古《ふる》い石造《いしづく》りの建物《たてもの》だ。

「帽子屋《ぼうしや》〜」

ハンプティ・ダンプティはドアノブを回《まわ》し、扉《とびら》を開《あ》けて中《なか》へと入《はい》ると、カランコロンとチャイムが鳴《な》る。

(何《なん》で帽子屋《ぼうしや》と名乗《なの》りながら、道具屋《どうぐや》を?)

疑問《ぎもん》に思《おも》いながら、アリスも続《つづ》いた。

でも、薄暗《うすぐら》い店《みせ》の中《なか》には誰《だれ》の姿《すがた》もない。

古《ふる》い木製《もくせい》カウンターの奥《おく》には棚《たな》があり、古《ふる》いものからそうでもなさそうなもの、何《なに》に使《つか》うのかさっぱり分《わ》からないものが並《なら》んでいる。

「留守《るす》みたい」

と、つぶやくアリス。

「いるよ」

ハンプティ・ダンプティは丸椅子《まるいす》をカウンターの前《まえ》まで引《ひ》っ張《ぱ》ってきてチョコンと座《すわ》った。

「??????」

見渡《みわた》したが、やっぱり誰《だれ》もいないし、奥《おく》から出《で》てくる気配《けはい》もない。

しかし。

カウンターの上《うえ》に、いつの間《ま》にか1枚《まい》の紙《かみ》が置《お》かれていることにアリスは気《き》がついた。

ご記入《きにゅう》を

紙《かみ》の一番上《いちばんうえ》には、そう書《か》かれていた。

（書類《しょるい》？）

住所氏名《じゅうしょしめい》、メールのアドレスなどの欄《らん》があるその書類《しょるい》に、アリスはポシェットから取《と》り出《だ》したペンで記入《きにゅう》する。

アリスが書《か》き終《お》わると、その書類《しょるい》はふっと消《き》えた。

「どこに？」

まるで手品《てじな》である。

「過去《かこ》か、ひょっとすると未来《みらい》に」

ハンプティ・ダンプティが説明《せつめい》する。

「先々々々々々々代《せんせんせんせんせんせんせんだい》の帽子屋《ぼうしや》がさ、『時間《じかん》』と喧嘩《けんか》してね。『時間《じかん》』の奴《やつ》、それでへそ曲《ま》げちゃって、帽子屋一族《ぼうしやいちぞく》が『今《いま》』の時間《じかん》には決《けっ》していられないようにしちゃったんだ」

「『今《いま》』にはいられない？？？？？？？」

アリスはさらにこんがらがる。

「そう。ここにいるアリスもボクも、『今《いま》』の帽子屋《ぼうしや》には会《あ》うことができない。だから、さっきみたいに紙《かみ》に書《か》いてやりとりするんだよ」

「それはなかなか大変《たいへん》――」

と、アリスが言《い》いかけたその時《とき》。

ポシェットの中《なか》のスマートフォンが着信《ちゃくしん》を告《つ》げた。

見《み》てみると、新着《しんちゃく》のメッセージの発信元《はっしんもと》は帽子屋《ぼうしや》となっている。

「開《ひら》いても大丈夫《だいじょうぶ》だよ」

ハンプティ・ダンプティが言《い》った。

言《い》われたとおりに開《ひら》いてみると――。

初《はじ》めまして、アリス
僕《ぼく》は帽子屋《ぼうしや》

やっと会《あ》えてうれしいよ

「こちらもです」
アリスは返信《へんしん》した。

直接姿《ちょくせつすがた》を見《み》られなくて残念《ざんねん》だよ

「お見《み》せするほどのものでは」
アリスはまた返《かえ》した。

ハンプティとここに来《き》たのは
僕《ぼく》に頼《たの》みたいことがあるのかな？

「吸血鬼《きゅうけつき》を守《まも》るのに必要《ひつよう》なものを」

アリスがそうメッセージを送《おく》ると、返事《へんじ》が来《く》るまでちょっと時間《じかん》がかかった。

ごめん
今《いま》、ちょっと思《おも》いついたけど
倉庫《そうこ》から探《さが》し出《だ》してくるのに時間《じかん》がかかりそう
明日《あした》、宅配便《たくはいびん》で届《とど》けるけど、
それでいい？

「もちろんです。お願《ねが》いします」
アリスはそう送《おく》ってから、また付《つ》け足《た》した。
「あの、代金《だいきん》は？」

アリスからは取《と》らないよ

そっちのお金《かね》は使《つか》えないしね

「申《もう》し訳《わけ》ありません」

アリスは相手《あいて》から見《み》えないことも忘《わす》れて、頭《あたま》を下《さ》げていた。

それと

帽子屋《ぼうしや》はまた返信《へんしん》してきた。

これは初来店《はつらいてん》の記念品《きねんひん》
アプリだけど、使《つか》ってみて
いざという時《とき》に役《やく》に立《た》つはず

アリスのスマートフォンに、何《なに》かがダウンロードされた。

見《み》たことのない、指輪形《ゆびわがた》のアイコンが表示《ひょうじ》された。

『七《なな》つ道具《どうぐ》』と書《か》かれたそのアイコンに触《ふ》れると、さらにいくつかのアイコンが現《あらわ》れる。

ハート、スペード、ダイヤ、クラブ、ジャック、クイーン、キング、エース。

「8つありますが？」

アリスは数《かぞ》えた。

細《こま》かいことは気《き》にしない
通販《つうはん》もやってるから、サイトも見《み》てね
じゃあ

メッセージはそこまでだった。

（ネット通販《つうはん》までやっているとは、なかなか現代的《げんだいてき》な帽子屋《ぼうしや》さん）

アリスはスマートフォンをしまう。

「あんまり愛想《あいそ》は良《よ》くないけど、気《き》にしないでね。それほど、悪《わる》い奴《やつ》じゃないから」

ハンプティ・ダンプティはアリスを気《き》づかうように、肩《かた》に手《て》を置《お》いた。

「大丈夫《だいじょうぶ》」

アリスは頷《うなず》き、それからハンプティ・ダンプティにもお礼《れい》を言《い》う。

「ありがとう」

「なんのなんの。で、これはボクから～」

笑《わら》ったハンプティ・ダンプティは、黒《くろ》いマントをアリスに手渡《てわた》した。

襟《えり》が高《たか》く、外《そと》が黒《くろ》、内側《うちがわ》が赤《あか》いマントである。

「名《な》づけてヴァンパイア・マント。銃弾《じゅうだん》とか防《ふせ》げるし、ちょっとなら空《そら》も飛《と》べるよ」

ハンプティ・ダンプティは説明《せつめい》した。

便利《べんり》そうだが、真夏《まなつ》に着《き》るにはちょっと暑苦《あつくる》しいので、今《いま》は試着《しちゃく》しないことにする。

「帽子屋《ぼうしや》からの荷物《にもつ》は明日《あした》の朝《あさ》には届《とど》くはずだよ。それじゃ」

ハンプティ・ダンプティはパチンと指《ゆび》を鳴《な》らし、アリスは鏡《かがみ》に触《ふ》れてもとの世界《せかい》に戻《もど》った。

次《つぎ》の朝《あさ》、アリスはコツコツという音《おと》で起《お》きた。
音《おと》は窓《まど》の方《ほう》からする。
アリスは眠《ねむ》い目《め》をこすってカーテンを開《あ》けた。
すると。
「ほへ？」
赤《あか》い屋根瓦《やねがわら》の庇《ひさし》の上《うえ》で、鳩《はと》が首《くび》を前後《ぜんご》に動《うご》かし、クチバシで窓《まど》を叩《たた》いていた。
正確《せいかく》には鳩《はと》ではない。
頭《あたま》だけが鳩《はと》の人《ひと》だ。
それも、宅配便《たくはいびん》の制服《せいふく》を着《き》ている。
アリスはとりあえず、窓《まど》を開《あ》けた。
「ちわ～す！　せっかち便《びん》のお届《とど》け物《もの》で～す！　ハンコかサインをお願《ねが》いしま～す」
庇《ひさし》の上《うえ》の鳩《はと》の人《ひと》は、帽子《ぼうし》を脱《ぬ》いで挨拶《あいさつ》し、段《だん》ボール箱《ばこ》を差《さ》し出《だ》す。

アリスがサインして荷物《にもつ》を受《う》け取《と》ると、鳩《はと》の人《ひと》は庇《ひさし》から下《お》りてトコトコとエレベーターの方《ほう》に帰《かえ》っていった。

「……飛《と》ばないんだ」

アリスは鳩《はと》の人《ひと》を見送《みおく》ってから、包《つつ》みを開《あ》ける。

「これが？」

出《で》てきたのは、傘《かさ》とサングラス。

（これがどう……アルカードを守《まも》るのに役《やく》に立《た》つのやら？）

首《くび》をひねったアリスは改《あらた》めて、計太《けいた》に調《しら》べてもらった金曜日《きんようび》のアルカードの行動《こうどう》を整理《せいり》してみることにした。

空港《くうこう》に到着《とうちゃく》したのが午後《ごご》1時《じ》。

午後《ごご》5時半《じはん》からリリカと一緒《いっしょ》にプレミア試写会《ししゃかい》の会場《かいじょう》に入《はい》っている。

マネージャーも連《つ》れず、ひとりで来日《らいにち》したので、移動《いどう》の時間《じかん》を計算《けいさん》に入《い》れても3時間《じかん》ほどは自由《じゆう》に動《うご》けたことになる。

つまり、アルカード自身《じしん》の言葉《ことば》以外《いがい》、無実《むじつ》を証明《しょうめい》するものは今《いま》のところないのだ。

（ともかく、襲《おそ》われたという女《おんな》の子《こ》の話《はなし》を聞《き》かねば）

P《ピー》・P《ピー》・ジュニアは夜明《よあ》け前《まえ》に探偵社《たんていしゃ》を出《で》て、アルカードが宿泊《しゅくはく》しているホテルに向《む》かっている。

アリスは傘《かさ》とサングラスを持《も》つと、昨日《きのう》決《き》めたとおり、吸血鬼《きゅうけつき》に襲《おそ》われた人《ひと》に会《あ》うために病院《びょういん》に行《い》くことにした。


「白瀬署《しらせしょ》の名垂警部《なだれけいぶ》から、協力《きょうりょく》するようにって連絡《れんらく》があったけど……中学生《ちゅうがくせい》とはねえ」

病院《びょういん》で出迎《でむか》えてくれたのは、医者《いしゃ》ではなくて、空港警察《くうこうけいさつ》の刑事《けいじ》さんだった。

人《ひと》の良《よ》さそうな刑事《けいじ》さんはアリスを見《み》ると、ちょっと驚《おどろ》いたように頭《あたま》をかいた。

「探偵助手《たんていじょしゅ》のアリス・リドルです」

聞《き》き込《こ》みには、こちらの姿《すがた》の方《ほう》がふさわしいと思《おも》ったので、アリスはちょっと前《まえ》にアリス・リドルの姿《すがた》になっていた。

「残念《ざんねん》だけど、被害者《ひがいしゃ》には会《あ》えないよ。まだ手術《しゅじゅつ》の麻酔《ますい》が効《き》いてて、意識《いしき》が戻《もど》らないんでね」

刑事《けいじ》さんは白衣《はくい》のポケットに手《て》を突《つ》っ込《こ》むと、病室《びょうしつ》までアリスを案内《あんない》する。

「助《たす》かるんですね？」

アリスは質問《しつもん》した。

「もちろん」

刑事《けいじ》さんは頷《うなず》く。

「とはいえ、大量《たいりょう》の血《ち》が抜《ぬ》かれている。輸血《ゆけつ》が間《ま》に合《あ》わなければ、大変《たいへん》なことになっているところだったよ」

「発見《はっけん》されたのは？」

「2時半過《じはんす》ぎ。ここには3時少《じすこ》し前《まえ》に運《はこ》び込《こ》まれている」

「他《ほか》に何《なに》か、気《き》になることは？」

「冗談《じょうだん》に聞《き》こえるかも知《し》れないが――」

刑事《けいじ》さんは声《こえ》をひそめ、自分《じぶん》の首筋《くびすじ》を指《ゆび》さす。

「ここにふたつ、咬《か》まれたような穴《あな》があった。それに、治療中《ちりょうちゅう》に、うなされたように訴《うった》え続《つづ》けていたらしい」

刑事《けいじ》は左右《さゆう》を見渡《みわた》し、誰《だれ》も聞《き》いていないことを確認《かくにん》してからアリスの耳元《みみもと》にささやいた。

「吸血鬼《きゅうけつき》に襲《おそ》われたってね」


その頃《ころ》。

P《ピー》・P《ピー》・ジュニアはリリカとともに、ホテルの最上階《さいじょうかい》にある、アルカードが泊《と》まっているスペシャル・スイート・ルームにやってきていた。

「探偵《たんてい》シュヴァリエ。アルカードは渡《わた》せませんよ。私《わたし》はまだ、彼《かれ》が女《おんな》の子《こ》を襲《おそ》ったとは信《しん》じられないんです」

部屋《へや》に入《はい》るとすぐ、P《ピー》・P《ピー》・ジュニアは琉生《るい》に電話《でんわ》した。

『予想通《よそうどお》りだね。僕《ぼく》はアルカードを捕《つか》まえてから、無実《むじつ》かどうか判断《はんだん》することにするよ』

琉生《るい》はそう答《こた》えて電話《でんわ》を切《き》った。

「さてと。TV局《テレビきょく》に出《で》かけるのは午後《ごご》なんですか？」

P《ピー》・P《ピー》・ジュニアは、ルーム・サービスで頼《たの》んだナッツ・ミルク・ティーを飲《の》みながらアルカードに尋《たず》ねる。

「だってさ〜、僕《ぼく》、昼間《ひるま》歩《ある》けるようになったっていっても、快適《かいてき》な訳《わけ》じゃないんだよねえ。で、なるべくギリギリの時間《じかん》まで部屋《へや》で粘《ねば》ろうと思《おも》って」

アルカードはベッドに寝《ね》そべったまま答《こた》えた。

「とんだなまけ者《もの》ですわ」

腕組《うでぐ》みをしたリリカがあきれ顔《がお》で見《み》つめる。

「まあ、彼《かれ》を守《まも》る立場《たちば》としては、あちこち動《うご》かれるよりは楽《らく》ですけどね」

と、P《ピー》・P《ピー》・ジュニアが肩《かた》を――ないけど――すくめたその時《とき》。

ビシュッ！

風《かぜ》を切《き》る鋭《するど》い音《おと》とともに窓《まど》ガラスが割《わ》れ、ベッドのシーツの、アルカードの頭《あたま》のすぐそばに小《ちい》さな穴《あな》が開《あ》いた。

「あわわわっ！」

アルカードがベッドから転《ころ》げ落《お》ちる。

「銃撃《じゅうげき》ですの⁉」

リリカがP《ピー》・P《ピー》・ジュニアにしがみついた。

「外《そと》！　通《とお》りの向《む》こうのビルです！」

Ｐ《ピー》・Ｐ《ピー》・ジュニアのヒレが窓《まど》の外《そと》を指《さ》し示《しめ》す。

「でも、普通《ふつう》に撃《う》っても吸血鬼《きゅうけつき》には効果《こうか》がないはずでは!?」

「銀《ぎん》の弾丸《だんがん》です！　銀《ぎん》の弾丸《だんがん》はオオカミ男退治《おとこたいじ》のアイテムとして有名《ゆうめい》ですけど、もちろん、吸血鬼《きゅうけつき》にも絶大《ぜつだい》な効果《こうか》アリですよ！」

Ｐ《ピー》・Ｐ《ピー》・ジュニアは身《み》を隠《かく》せるものが少《すく》ない部屋《へや》からリリカとアルカードを連《つ》れ出《だ》し、地下《ちか》の駐車場《ちゅうしゃじょう》へと向《む》かった。


「ああもう《ジーザス》、１発《ぱつ》でしとめられませんでした。きっとアルカードがよこしまな魔術《まじゅつ》を使《つか》ったに違《ちが》いありません」

向《む》かいのビルの屋上《おくじょう》にいたシスター服姿《ふくすがた》のヴァンパイア・ハンター、ミーナ・ヴァン・ヘルシングは、ライフル銃《じゅう》を置《お》くとため息《いき》をついた。

「もうTV《テレビ》局《きょく》に向《む》かっているだろうね」

ミーナにそう告《つ》げたのは、探偵《たんてい》シュヴァリエとして彼女《かのじょ》に協力《きょうりょく》する琉生《るい》だ。

「約束《やくそく》を忘《わす》れないように。狙《ねら》いはアルカードだけで、他《ほか》の誰《だれ》も傷《きず》つけない。それにアルカードもまずは捕《とら》える」

「ヘルシング家《け》の名《な》にかけて、約束《やくそく》は守《まも》ります――できる範囲《はんい》で」

ミーナは頷《うなず》くと、ライフルを肩《かた》にかけて地上《ちじょう》へと向《む》かった。

P《ピー》・P《ピー》・ジュニアたちは、リリカの家《いえ》が用意《ようい》したリムジンに乗《の》り込《こ》むと、TV局《テレビきょく》を目指《めざ》した。

人《ひと》の多《おお》いTV局《テレビきょく》に入《はい》ってしまえば、銃《じゅう》は使《つか》えないと思《おも》ったからだ。

少《すこ》し遅《おく》れて、後《うし》ろに琉生《るい》を乗《の》せたミーナのバイクがついてくる。

「このリムジンは防弾《ぼうだん》になっております。多少《たしょう》の攻撃《こうげき》ではビクともいたしません」

運転《うんてん》する赤妃家《あかひけ》の執事《しつじ》、神崎《かんざき》が説明《せつめい》する。

だが。

ミーナの運転《うんてん》するバイクは速度《そくど》を上《あ》げてリムジンの前《まえ》に回《まわ》り込《こ》むと、その場《ば》に停止《ていし》した。

「立《た》ちふさがった！」

こうなると、神崎《かんざき》も車《くるま》を止《と》めない訳《わけ》にはいかない。急《きゅう》ブレーキをかけたリムジンは、タイヤをきしませながらバイクにぶつかるすれすれのところで止《と》まった。

「アーメン！」

バイクから降《お》りたミーナは、背負《せお》っていた鎖ノコ《チェインソー》を引《ひ》っつかみ、その歯《は》を回転《かいてん》させた。

ミーナが振《ふ》りかざしたチェインソーが、リムジンのドアやルーフを切《き》り裂《さ》き始《はじ》める。

「ピキ〜ッ！　あなたの方《ほう》が、よっぽどホラー映画《えいが》のモンスターですよ！」

P《ピー》・P《ピー》・ジュニアはリムジンから飛《と》び出《だ》すと、アルカードとリリカを連《つ》れ、近《ちか》くに見《み》えた地下鉄《ちかてつ》の駅《えき》へと駆《か》け込《こ》む。

「逃《に》がしません！」

片手《かたて》にライフル、片手《かたて》にチェインソーを持《も》ったミーナはそのあとを追《お》った。

病院《びょういん》のトイレの鏡《かがみ》を通《とお》り、アリスは鏡《かがみ》の国《くに》へとやってきていた。

（やっぱり、何《なに》か変《へん》）

琉生《るい》はアルカードが女《おんな》の子《こ》を襲《おそ》ったと言《い》っていたけれど、何《なに》かが引《ひ》っかかっていた。

アリスは近《ちか》くに浮《う》いていた揺《ゆ》り椅子《いす》の上《うえ》に座《すわ》り、考《かんが》えをまとめることにした。

アリスはお世辞《せじ》にも考《かんが》えるのが早《はや》いとは言《い》えない。でも、時間《じかん》の流《なが》れが遅《おそ》い鏡《かがみ》の国《くに》でなら、落《お》ち着《つ》いて正《ただ》しい答《こた》えを見《み》つけられそうな気《き》がするのだ。

(まずは……)

アリスは目《め》を閉《と》じ、刑事《けいじ》さんの話《はなし》を思《おも》い出《だ》す。

本人《ほんにん》から話《はなし》は聞《き》けなかったが、事件《じけん》を担当《たんとう》する刑事《けいじ》さんの話《はなし》では、被害者《ひがいしゃ》の女性《じょせい》は血《ち》を吸《す》われたことを覚《おぼ》えていなかった。

でも一方《いっぽう》では、自分《じぶん》を襲《おそ》ったのは吸血鬼《きゅうけつき》だと告《つ》げていた。

(うん、おかしいのはそこ。何故《なぜ》、吸血鬼《きゅうけつき》だと思《おも》ったんだろ？)

アリスのまわりでテーブルや植木鉢《うえきばち》、ソファーやグランドピアノ、それに星《ほし》のように見《み》える鏡《かがみ》がグルグルと回《まわ》り出《だ》す。

そして。

「…………確《たし》かめないと」

アリスは目《め》を開《ひら》いた。

地下鉄《ちかてつ》の駅《えき》の構内《こうない》は、逃《に》げまどう乗客《じょうきゃく》で大混乱《だいこんらん》におちいっていた。

ハリウッド・スターふたりとペンギンを、銃《じゅう》とチェインソーを持《も》ったシスターが追《お》いかけているのである。むしろ、パニックにならない方《ほう》がおかしいくらいだ。

「みんな！　避難《ひなん》して！」

琉生《るい》も乗客《じょうきゃく》の誘導《ゆうどう》で手《て》いっぱいで、アルカードを追《お》うどころではない。

「アリスアリス～！　早《はや》くしてくださ～い！」

P《ピー》・P《ピー》・ジュニアは走《はし》りながら、リュックから折《お》りたたみ式《しき》の手鏡《てかがみ》を出《だ》そうとする。

「うふふふ、これは銀《ぎん》の弾丸《だんがん》を山《やま》ほど入《い》れたマシンガン。さすがのあなたももう逃《に》げられません」

ミーナは余裕《よゆう》の笑《え》みを浮《う》かべながら、アルカードたちをホームの端《はし》へと追《お》いつめてゆく。

「ミーナ、他《ほか》のみんなを巻《ま》き込《こ》んじゃ――」

やっと追《お》いついた琉生《るい》が、ミーナの肩《かた》に手《て》をかける。

「分《わ》かってますよ〜。ハチの巣《す》にするのはアルカードだけです」

ミーナは十分近《じゅうぶんちか》づいてから、銃口《じゅうこう》をアルカードに向《む》けた。

「だから、捕《とら》えるだけだって――」

「抵抗《ていこう》するなら話《はなし》は別《べつ》、ということで」

ミーナは止《と》めようとする琉生《るい》の手《て》を振《ふ》り払《はら》う。

「ふたりとも、下《さ》がって」

アルカードは巻《ま》きぞえにしないように、P《ピー》・P《ピー》・ジュニアとリリカを離《はな》れさせる。

「正義《せいぎ》の勝利《しょうり》です。アーメン」

ミーナは引《ひ》き金《がね》をゆっくりと引《ひ》き、銀《ぎん》の銃弾《じゅうだん》がアルカードに襲《おそ》いかかった。

と同時《どうじ》に、P《ピー》・P《ピー》・ジュニアがアルカードの足元《あしもと》に向《む》けて手鏡《てかがみ》を滑《すべ》らせる。

次《つぎ》の瞬間《しゅんかん》。

アルカードの前《まえ》にさっと誰《だれ》かが飛《と》び出《だ》し、黒《くろ》いマントで銀《ぎん》の弾丸《だんがん》を受《う》け止《と》めた。

「……うわぉ。本当《ほんとう》にはね返《かえ》した？」

自分《じぶん》でも驚《おどろ》いているが、ハンプティ・ダンプティ特製《とくせい》のヴァンパイア・マントを身《み》につけたアリスである。

「君《きみ》、僕《ぼく》を守《まも》ってくれたの？」

アルカードは信《しん》じられないといった目《め》でアリスを見《み》つめた。

「それが探偵《たんてい》のお仕事《しごと》です」

アリスは頷《うなず》いたが、正直《しょうじき》、ひざがガクガクしている。

「やっとですか〜っ！」

P《ピー》・P《ピー》・ジュニアが駆《か》け寄《よ》ってきた。

「リドルの方《ほう》のアリス！」

リリカもアリスに飛《と》びつく。

「アリス・リドル君《くん》!?」

琉生《るい》は、アリスが無事《ぶじ》なことにホッと安心《あんしん》した様子《ようす》だ。

「おどきなさい、新登場《しんとうじょう》の悪《あく》の少女《しょうじょ》！」

ミーナはアルカードの前《まえ》にアリスが立《た》ちふさがっているので、引《ひ》き金《がね》を引《ひ》くことはでき

ない。

「マシンガンが使《つか》えないからといって、私《わたし》を甘《あま》く見《み》ないことです！」

ミーナはシスター服《ふく》の袖《そで》に手《て》を入《い》れて何《なに》かを捜《さが》す。

「これを」

アリスはアルカードに傘《かさ》とサングラスを渡《わた》した。

「ええっと？　これ、何《なに》？」

渡《わた》されたアルカードは戸惑《とまど》うばかりだ。

「聞《き》いて、響君《ひびきくん》、ミーナさん」

アリスはふたりの方《ほう》に向《む》き直《なお》って告《つ》げた。

「空港《くうこう》で女《おんな》の子《こ》を襲《おそ》ったのは、アルカードさんじゃありません」

「悪《あく》に味方《みかた》する者《もの》の言葉《ことば》に、耳《みみ》を傾《かたむ》けることなかれ！　くらうがいいです！　吸血鬼《きゅうけつき》にとっては猛毒《もうどく》となる、聖水《せいすい》の洗礼《せんれい》を！」

ミーナは聖水《せいすい》が入《はい》った瓶《びん》を袖《そで》から取《と》り出《だ》すと、アルカードに向《む》かって投《な》げつける。

空中《くうちゅう》で瓶《びん》のふたが開《あ》き、中身《なかみ》がアルカードの頭上《ずじょう》に降《ふ》り注《そそ》いだ。

しかし。

「はいっと！」

アルカードはアリスから渡《わた》された傘《かさ》を開《ひら》いた。

何《なん》ていうこともない普通《ふつう》の傘《かさ》だが、それが聖水《せいすい》をはじき、アルカードにはかからない。

「うぬぬ、何《なん》という邪悪《じゃあく》なまねを！　こうなれば最終兵器《ファイナル・ウエポン》、十字架《じゅうじか》の輝《かがや》きを見《み》るがいいです！」

ミーナは十字架《じゅうじか》を取《と》り出《だ》して、アルカードの顔《かお》の前《まえ》に突《つ》きつけた。

「……暗《くら》くてな〜んにも見《み》えないけど？」

アルカードは今度《こんど》はサングラスをかける。

「うぐっ！　となるとやっぱり銃弾《じゅうだん》に頼《たよ》るしかありません！」

ミーナはまたマシンガンを構《かま》えた。

「駄目《だめ》だ！　みんなを巻《ま》き込《こ》まない約束《やくそく》だろう⁉」

アリスをかばうように、琉生《るい》が銃口《じゅうこう》の前《まえ》に飛《と》び出《だ》す。

「シュヴァリエ君《くん》！」

アリスはマントに守《まも》られているが、琉生《るい》はそうではない。

(今《いま》が……いざという時《とき》?)

アリスは思《おも》い出《だ》した。

いざという時《とき》に使《つか》うようにと、帽子屋《ぼうしや》から七《なな》つ道具《どうぐ》のアプリをもらったことを。

だが、どのアプリにどういう働《はたら》きがあるのか、まだアリスは確《たし》かめていなかった。

(こういう時《とき》は)

ど・れ・に・し・よ・う・か・な、でアリスは使《つか》うアプリを選《えら》ぼうとした——のだが。

(ど——)

最初《さいしょ》のハートのアイコンに間違《まちが》って指《ゆび》が触《ふ》れてしまう。

「フラッシュ・ボム!」

と言《い》う声《こえ》とともに、スマートフォンからサーチライトのようなまぶしい光《ひかり》が放《はな》たれた。

「ジーザス!」

ミーナは思《おも》わず目《め》を閉《と》じる。

「『吊された男《ザ・ハングド・マン》』!」

すかさず、琉生《るい》がタロット・カードを取《と》り出《だ》し、その1枚《まい》を投《な》げつけた。

タロットは琉生《るい》の秘密兵器《ひみつへいき》。『ザ・ハングド・マン』は逆《さか》さ吊《づ》りの男《おとこ》が描《えが》かれたカードだ。

『ザ・ハングド・マン』は命中《めいちゅう》すると細《ほそ》いロープとなり、ミーナの体《からだ》を縛《しば》り上《あ》げた。

「裏切《うらぎ》りましたね！　地獄《ゴー・トゥー・ヘル》に落ちますよ！」

座《すわ》り込《こ》んだミーナは琉生《るい》をにらんだ。

「とにかく、アリス・リドル君《くん》の話《はなし》を聞《き》こう」

琉生《るい》はミーナに近《ちか》づいて肩《かた》に手《て》を置《お》くと、アリスを振《ふ》り返《かえ》る。

「事件《じけん》を担当《たんとう》した刑事《けいじ》さんの話《はなし》では――」

アリスは言《い》った。

「襲《おそ》われた女《おんな》の子《こ》は、血《ち》を吸《す》われたことをまったく覚《おぼ》えていませんでした。でも、一方《いっぽう》で吸血鬼《きゅうけつき》に襲《おそ》われたとも証言《しょうげん》しています」

「でしょう!?　その証言《しょうげん》だけで、アルカードが犯人《はんにん》だと判断《はんだん》するには十分《じゅうぶん》です」

縛《しば》られたままのミーナは、大《おお》きく頷《うなず》く。

「血《ち》を吸《す》われたことを覚《おぼ》えていないのに、どうして吸血鬼《きゅうけつき》だと分《わ》かったのでしょう？」

アリスは聞《き》き返《かえ》した。

「それは……見《み》た感《かん》じが、こう、吸血鬼《きゅうけつき》だから？」

ミーナの口調《くちょう》から、自信《じしん》が消《き》えた。

「今《いま》のアルカードさんを見《み》て」

アリスの言葉《ことば》で、みんなの視線《しせん》がアルカードに集《あつ》まる。

「金曜日《きんようび》から、だいたい同《おな》じ服装《ふくそう》。どう見《み》ても映画《えいが》の吸血鬼《きゅうけつき》の格好《かっこう》じゃない普通《ふつう》の人《ひと》。吸《きゅう》血鬼《けつき》だと思《おも》う人《ひと》はいないはず。ね、ししょ〜？」

「ええ、アリスの言《い》うとおりです」

P《ピー》・P《ピー》・ジュニアのクチバシは縦《たて》に振《ふ》られた。

「いや〜、普通《ふつう》の人《ひと》っていうのはちょっと。せめて大《だい》スターのオーラがあることは言《い》って
ほしいなあ」

不満《ふまん》を漏《も》らすアルカードのわき腹《ばら》を、リリカがひじで小突《こづ》いた。

「いえ！　アルカードは映画《えいが》で何度《なんど》も吸血鬼役《きゅうけつきやく》をやっています！　被害者《ひがいしゃ》はそれを覚《おぼ》えて

いたんです！」

ミーナは反論《はんろん》する。

「それならば、『犯人《はんにん》はアルカード』と言《い》ってるはずですわ。わざわざ役柄《やくがら》で呼《よ》ぶとは思《おも》えませんわね」

リリカが肩《かた》をすくめて首《くび》を横《よこ》に振《ふ》った。

「では、犯人《はんにん》は別《べつ》の吸血鬼《きゅうけつき》とでも⁉」

ミーナが息《いき》を呑《の》む。

「でなければ、ひと目《め》で吸血鬼《きゅうけつき》だと分《わ》かる姿《すがた》をした人間《にんげん》です」

アリスは答《こた》えた。

「……ふっ、でっち上《あ》げもいいところです。そんな人《ひと》がいる訳《わけ》――」

ミーナは鼻《はな》で笑《わら》う。

「これを――」

アリスは自分《じぶん》のスマートフォンをミーナの顔《かお》の前《まえ》に持《も》っていき、送《おく》られてきた動画《どうが》を見《み》せた。

「空港《くうこう》の監視《かんし》カメラの映像《えいぞう》」

むろん、アリスにはこんな画像《がぞう》をダウンロードするような高度《こうど》なことはできない。計太《けいた》に連絡《れんらく》してやってもらったのだ。

「こ、これは⁉」

動画《どうが》を見《み》たミーナは言葉《ことば》を失《うしな》った。

そこに映《うつ》っていたのは、人気《ひとけ》のない通路《つうろ》で女《おんな》の子《こ》のあとをつけるように歩《ある》く、黒《くろ》いマント姿《すがた》の男《おとこ》。

昔《むかし》の映画《えいが》によく登場《とうじょう》する、ドラキュラそのものの服装《ふくそう》の男《おとこ》だったのだ。

動画《どうが》を停止《ていし》させて顔《かお》の部分《ぶぶん》を拡大《かくだい》すると、口元《くちもと》から牙《きば》がのぞいているところまでがハッキリと分《わ》かる。

「こ、こんなの、あり得《え》ません！　あなた、私《わたし》をだまそうとしてこんな映像《えいぞう》を作《つく》ったんでしょう⁉」

ミーナはアリスをにらんだ。

「アリス・リドル君《くん》はそんなことはしない。僕《ぼく》が断言《だんげん》する」

と、琉生《るい》。

「この顔《かお》ですけれど――」

画像《がぞう》をのぞき込《こ》んだリリカがふと、考《かんが》え込《こ》む。

「どこかで見《み》たことがあるような？」

と、その時《とき》。

改札《かいさつ》への階段《かいだん》の方《ほう》から、女性《じょせい》の甲高《かんだか》い声《こえ》がした。

「悲鳴《ひめい》です!?」

「あっちだ！」

Ｐ《ピー》・Ｐ《ピー》・ジュニアと琉生《るい》が顔《かお》を見合《みあ》わせてそちらに向《む》かい、アリスたちもあとに続《つづ》く。

「お待《ま》ちなさい！　神《かみ》に仕《つか》える者《もの》をほったらかしですか～!?」

ミーナも縛《しば》られたまま何《なん》とか立《た》ち上《あ》がり、みんなを追《お》った。

「どうしたんです!?」

こちらに向《む》かって逃《に》げてくる人《ひと》たちのひとりを捕《つか》まえて、琉生《るい》が尋《たず》ねる。

「吸血鬼《きゅうけつき》だ！　吸血鬼《きゅうけつき》が出《で》たんだよ！」

恐怖《きょうふ》に顔《かお》を歪《ゆが》ませたその人《ひと》は、琉生《るい》の手《て》を振《ふ》り解《ほど》いて走《はし》り去《さ》った。

「本当《ほんとう》に別《べつ》の吸血鬼《きゅうけつき》が!?」

一同《いちどう》は人《ひと》の流《なが》れに逆《さか》らって改札《かいさつ》へと向《む》かう。

すると──。

「ははははははっ！　恐怖《きょうふ》するがいい！　我《われ》こそが真《しん》の吸血鬼《きゅうけつき》！　闇《やみ》の帝王《ていおう》！　そして闇《やみ》の支配者《しはいしゃ》！」

鋭《するど》い牙《きば》にマント姿《すがた》。

昔《むかし》の映画《えいが》さながらの吸血鬼《きゅうけつき》が、切符《きっぷ》売《う》り場《ば》のそばに立《た》っていた。

「闇《やみ》って、２度《ど》言《い》いましたわよね？」

と、リリカ。

「ボキャブラリー、貧困《ひんこん》です」

アリスは見《み》た目《め》ほど、あの吸血鬼《きゅうけつき》は恐《おそ》ろしくないような気《き》がしてくる。

「さっきの監視《かんし》カメラの映像《えいぞう》に映《うつ》っていた人《ひと》ですね？」

P《ピー》・P《ピー》・ジュニアがアリスに確認《かくにん》した。

「そのようで」

アリスは画像《がぞう》と見比《みくら》べる。

「吸血鬼《きゅうけつき》、滅《ほろ》ぶべし！」

いつの間《ま》にか縄《なわ》を解《ほど》いていたミーナが、吸血鬼姿《きゅうけつきすがた》の男《おとこ》に向《む》かって突進《とっしん》しながら聖水《せいすい》の瓶《びん》を投《な》げつけた。男《おとこ》は聖水《せいすい》を浴《あ》びてもひるむことなく、ミーナの腕《うで》をつかんでねじ上《あ》げる。

「あなた、吸血鬼《きゅうけつき》じゃありませんね!?」

ミーナは身動《みうご》きできずに顔《かお》をゆがめた。

「ふふふ、お前《まえ》が私《わたし》を本物《ほんもの》と思《おも》っても仕方《しかた》がない」

男《おとこ》は牙《きば》を見《み》せつけるようにして笑《わら》う。

「何故《なぜ》なら私《わたし》は岸田《きしだ》ルゴシ！　かつて、数々《かずかず》のホラー映画《えいが》で人々《ひとびと》を震《ふる》え上《あ》がらせた世紀《せいき》の名優《めいゆう》だからだ！」

岸田《きしだ》と名乗《なの》った男《おとこ》はマントをバッと広《ひろ》げて見《み》せた。

「その割《わり》に、名前《なまえ》を知《し》らないような～？」

「私《わたし》もです」

P《ピー》・P《ピー》・ジュニアとアリスは首《くび》を傾《かし》げる。

「思《おも》い出《だ》しましたわ！　2時間《じかん》ドラマなどによく出《で》る俳優《はいゆう》さんです！」

今頃《いまごろ》になって、リリカがポンと手《て》を叩《たた》いた。

「し、失礼《しつれい》な子供《こども》たちめ！　私《わたし》こそが世界最高《せかいさいこう》の吸血鬼《きゅうけつき》俳優《はいゆう》である！　なのに世間《せけん》は私《わたし》を認《みと》めず、アルカード・シェリーばかりを持《も》ち上《あ》げる！」

岸田《きしだ》はかなり気《き》を悪《わる》くしたようだ。

「空港《くうこう》で女《おんな》の人《ひと》を襲《おそ》ったのはあなたですね？」

P《ピー》・P《ピー》・ジュニアが岸田《きしだ》に向《む》かって指摘《してき》した。

「その姿《すがた》で薬《くすり》で眠《ねむ》らせて、注射器《ちゅうしゃき》で血《ち》を抜《ぬ》いた。首《くび》の傷《きず》はあとからつけたものでしょう？」

「その通《とお》りだ、太《ふと》ったツバメよ！」

「ペンギンです、ペンギン！」

P《ピー》・P《ピー》・ジュニアも気《き》を悪《わる》くした。

「何故《なぜ》、そんなことを？」

アリスが尋《たず》ねる。

「決《き》まっている！　アルカードと私《わたし》、どちらが本物《ほんもの》の吸血鬼《きゅうけつき》に近《ちか》いか、証明《しょうめい》するためだ！」

岸田《きしだ》はミーナの腕《うで》をねじったまま、言《い》い返《かえ》した。

「そんなことのために、女《おんな》の子《こ》を？」

琉生《るい》の瞳《ひとみ》に怒《いか》りが宿《やど》った。

「いけないかね？　私《わたし》は真《しん》の恐怖《きょうふ》をあの少女《しょうじょ》に与《あた》えた！　これこそ、顔《かお》で人気《にんき》が出《で》ただけのアルカードには達《たっ》することのできない最高《さいこう》の演技《えんぎ》ではないか！　はははははっ！」

岸田《きしだ》は不気味《ぶきみ》な高笑《たかわら》いを駅構内《えきこうない》に響《ひび》かせる。

「真《しん》の恐怖《きょうふ》、か」

アルカードがふっと笑《わら》い、髪《かみ》をかき上《あ》げると、アリスを見《み》た。

「それ、ちょっと借《か》りるよ」

アルカードはアリスのマントを取《と》ると、自分《じぶん》の肩《かた》にかける。

「こういう古風《こふう》なのを羽織《はお》るのは100年《ねん》ぶりかな？」

そうつぶやいたアルカードは、ゆっくりと岸田《きしだ》の方《ほう》を振《ふ》り返《かえ》った。

「ヴァンパイアの名《な》をかたって人《ひと》を傷《きず》つけ、僕《ぼく》の友人《ゆうじん》たちにも危害《きがい》を加《くわ》えようとしたね？」

さっきまでとは、雰囲気《ふんいき》が変《か》わっていた。

「そんな相手《あいて》には、手加減《てかげん》はいらない」

アルカードは一瞬《いっしゅん》で岸田《きしだ》の目《め》の前《まえ》まで移動《いどう》すると、その額《ひたい》に手《て》のひらを押《お》しつけた。

「な、何《なん》だこれは!? よ、寄《よ》るなあっ！ ひ、ひ、ひぃ～っ！」

岸田《きしだ》は空気《くうき》をかきむしるように手《て》を振《ふ》り回《まわ》すと、そのまま白目《しろめ》をむいて気絶《きぜつ》した。

アルカードが手《て》を離《はな》すと、岸田《きしだ》はそのまま床《ゆか》に崩《くず》れ落《お》ちる。

「おっと」

アルカードは左手《ひだりて》で、ミーナを抱《だ》き止《と》めた。

「何《なに》をしたの？」

アリスがアルカードに尋《たず》ねる。

「う～ん。簡単《かんたん》に言《い》うと、自分《じぶん》の心《こころ》のみにくさを見《み》せてあげたって感《かん》じかな？」

アルカードはうまく説明《せつめい》できない、というように頭《あたま》をかいた。

「催眠術《さいみんじゅつ》かい？」

と、琉生《るい》。

「そうそう、それみたいなもの」

「……その力《ちから》があれば、私《わたし》を倒《たお》すことなど簡単《かんたん》だったはず？」

ミーナは問《と》いかけるような視《し》線《せん》をアルカードに向《む》ける。

「まあね」

アルカードは、はるかな昔《むかし》を思《おも》い出《だ》すように遠《とお》い目《め》になった。

「昔《むかし》、僕《ぼく》はある人《ひと》に、もう人間《にんげん》を傷《きず》つけないと誓《ちか》った。その約束《やくそく》は——」

アルカードはこぶしを強《つよ》く握《にぎ》りしめる。

「この体《からだ》が焼《や》き尽《つ》くされるその日《ひ》まで、守《まも》るつもりさ」

「……それ、映画《えいが》の台詞《せりふ》？」

アリスは聞《き》いた。

台詞《せりふ》だとしたら、アルカードが今《いま》まで見《み》せた中《なか》で最高《さいこう》の名演技《めいえんぎ》だ。

「いや、違《ちが》うけど」

アルカードは照《て》れたように微笑《ほほえ》み、ミーナの方《ほう》を見《み》る。

「これで僕《ぼく》が犯人《はんにん》じゃないって分《わ》かってもらえたよね？」

「ええ。あらぬ疑《うたが》いをかけたことは神《かみ》の名《な》において謝罪《しゃざい》します。でも——」

ミーナはチャキッとマシンガンを取《と》り出《だ》し、銃口《じゅうこう》をアルカードに向《む》けた。

「それとこれとは話《はなし》が別《べつ》です！　滅《ほろ》ぶべし、吸血鬼《きゅうけつき》！　……って、あれ？」

ミーナは引《ひ》き金《がね》を引《ひ》いたが、銀《ぎん》の弾丸《だんがん》はもう出《で》なかった。

「……もしかして弾切《たまぎ》れ？」

アルカードが拍子抜《ひょうしぬ》けした顔《かお》で尋《たず》ねる。

「くっ、これも計算《けいさん》のうちですか!?　何《なん》て狡猾《こうかつ》な！　かくなる上《うえ》は！」

ミーナはボストンバッグをガサゴソと探《さぐ》って、木《き》の杭《くい》を取《と》り出《だ》した。

「これを心臓《しんぞう》に！」

ミーナはもう一方《いっぽう》の手《て》にハンマーを握《にぎ》る。

「ちょっと！　さっき助《たす》けてあげたのに〜！」

と、後《あと》ずさりするアルカード。

「あの時《とき》、あなたは私《わたし》を友人《ゆうじん》などと呼《よ》びましたね！　私《わたし》は吸血鬼《きゅうけつき》となれ合《あ》うつもりはありません！」

「長《なが》いつき合《あ》いじゃないの〜⁉」

「ええい、永遠《えいえん》に黙《だま》らせて差《さ》し上《あ》げます！」

ふたりはアリスたちのまわりを、グルグル回《まわ》り始《はじ》めた。

「……何《なん》だか馬鹿《ばか》らしくなってきましたわ。神崎《かんざき》、新《あたら》しいリムジンを用意《ようい》なさい」

リリカはため息《いき》をつくと、指《ゆび》をパチンと鳴《な》らした。

「はい、お嬢様《じょうさま》」

神崎《かんざき》が現《あらわ》れ、さっそく赤妃《あかひ》家《け》と連絡《れんらく》を取《と》る。

「P様《ピーさま》、リドルの方《ほう》のアリス。私《わたし》たちは先《さき》にTV局《テレビきょく》に向《む》かいましょう。アルカードはまあ、この様子《ようす》なら大丈夫《だいじょうぶ》そうですから」

「シュヴァリエ君《くん》はどうします？」

アリスは琉生《るい》に尋《たず》ねた。

「彼《かれ》が吸血鬼《きゅうけつき》であろうと、そうでなかろうと、犯罪《はんざい》に関係《かんけい》ないなら僕《ぼく》の出番《でばん》じゃないよ」

と、首《くび》を振《ふ》る琉生《るい》。

「待《ま》ちなさい、この吸血鬼《きゅうけつき》！」

「だから、勘弁《かんべん》して〜！」

ミーナとアルカードは、追《お》いかけっこを続《つづ》けている。

(実《じつ》はけっこう、仲《なか》がいいのかも？)

ふたりを見《み》ながら、何《なん》となくそう感《かん》じるアリスであった。


後日《ごじつ》。

せっかち便《びん》で、アリスのもとに帽子屋《ぼうしや》から封筒《ふうとう》が届《とど》いた。

中《なか》に入《はい》っていたのはポイントカード。

帽子形《ぼうしがた》のスタンプがふたつ、押《お》されていた。

ファイル・ナンバー2

呪《のろ》いの人形《にんぎょう》

その電話《でんわ》があったのは、アリスがソファーに寝《ね》そべって英語《えいご》の授業《じゅぎょう》の復習《ふくしゅう》をしている時《とき》だった。

パパと一緒《いっしょ》にアメリカにいたこともあるので、アリスは何《なん》とか英語《えいご》は話《はな》せる。

でも、学校《がっこう》で習《なら》う英語《えいご》は大《だい》の苦手《にがて》。

教科書《きょうかしょ》の文章《ぶんしょう》を見《み》ても、よけいなことが気《き》になって仕方《しかた》がない。

たとえば――。

中学生《ちゅうがくせい》ぐらいの男《おとこ》の子《こ》のジャックが、大人《おとな》のトムにいきなり「なんて名前？《ホワッチュアネーム》」と聞《き》いている。

何故《なぜ》いきなり？

それも子供《こども》が大人《おとな》に？

もしも尋《たず》ねているのが、大人《おとな》のトムの方《ほう》なら――。

実《じつ》はトムは少年課《しょうねんか》の刑事《けいじ》で、迷子《まいご》に見《み》えたジャックに職務質問《しょくむしつもん》をしているのだ。

などと、推理《すいり》できる。

だが、子供《こども》がどういう状況《じょうきょう》で、見《み》ず知《し》らずの大人《おとな》に声《こえ》をかけて名前《なまえ》を尋《たず》ねるのだろう？

それも、なんだか怪《あや》しいぐらいの大《おお》げさな笑顔《えがお》で？

さらに言《い》えば、ふたりとも服《ふく》のセンスがすごく悪《わる》い。

――まあ、服《ふく》のセンスに関《かん》しては、アリスも人《ひと》のことは言《い》えないのだが。

ともかく英語《えいご》の教科書《きょうかしょ》は謎《なぞ》だらけ。

だから、ぜんぜん中身《なかみ》が頭《あたま》に入《はい》らないのである。


「こちら『ペンギン探偵社《たんていしゃ》』日本支部《にほんしぶ》です」

机《つくえ》の上《うえ》の電話《でんわ》のベルが鳴《な》ると、アリスは復習《ふくしゅう》はあきらめてすぐに出《で》た。

『あの〜、お仕事《しごと》を頼《たの》みたいんですが？』

電話《でんわ》の向《む》こうの声《こえ》は、どうやらアリスとあまり年《とし》の変《か》わらない男《おとこ》の子《こ》のようだ。

(何《なん》となく聞《き》き覚《おぼ》えがあるような気《き》も?)

今《いま》は別《べつ》の事件《じけん》の調査《ちょうさ》でP《ピー》・P《ピー》・ジュニアがいない。

アリスは都合《つごう》のいい時間《じかん》を聞《き》いて、明日《あした》、来《き》てもらうことにした。

そして、翌日《よくじつ》。


「!?」

眠《ねむ》い目《め》をこすりながら朝食《ちょうしょく》の準備《じゅんび》のために寝室《しんしつ》から下《お》りてくると、そこには思《おも》いがけない人物《じんぶつ》がいて、勝手《かって》にキッチンに立《た》っていた。

「アリス、寝坊《ねぼう》? まあ、座《すわ》ってよ。朝《あさ》ご飯《はん》、作《つく》ってあげるから」

フライパンを手《て》に振《ふ》り返《かえ》り、ニッと笑《わら》ったのは、頭《あたま》に赤《あか》い頭巾《ずきん》をかぶった高校生《こうこうせい》ぐらいの女《おんな》の子《こ》。

自称《じしょう》、P《ピー》・P《ピー》・ジュニアのライバルにして美少女怪盗《びしょうじょかいとう》の赤《あか》ずきんである。

「ありがとうございます」

アリスは訳《わけ》が分《わ》からず、とりあえずお礼《れい》を言《い》ってテーブルに着《つ》いた。

テーブルには他《ほか》にふたり、どこかで見《み》たような人《ひと》たちが着《つ》いている。

「お久《ひさ》しぶりです」

アリスと同《おな》じくらいの年《とし》の男《おとこ》の子《こ》が、申《もう》し訳《わけ》なさそうな顔《かお》で挨拶《あいさつ》する。ドイツの民族衣《みんぞくい》装《しょう》を着《き》た可愛《かわい》らしい男《おとこ》の子《こ》だ。

もうひとりの女《おんな》の子《こ》も、民族衣装姿《みんぞくいしょうすがた》だが、ずっとうつむいて、やつれた顔《かお》に暗《くら》い表情《ひょうじょう》を浮《う》かべ、小《ちい》さい声《こえ》で何《なに》かをつぶやいている。

その脇《わき》の椅子《いす》に置《お》かれているのは、ずいぶんと古《ふる》い西洋人形《せいようにんぎょう》だ。

「……呪《のろ》い……たたり……悪運《あくうん》……ふひ、ふひひひ……」

あまり不気味《ぶきみ》なので、アリスは聞《き》こえない振《ふ》りをした。

ふたりのことは覚《おぼ》えている。

犯罪芸術家《クリミナル・アーティスト》を名乗《なの》る怪盗姉弟《かいとうしてい》、ヘンゼルとグレーテルだ。

「しっかしさあ、ここって不用心《ぶようじん》だよね？　玄関《げんかん》の鍵《かぎ》、1分《ぷん》で開《ひら》いたよ」

エプロン姿《すがた》の赤《あか》ずきんは、ベーコン・エッグの皿《さら》をアリスの前《まえ》に置《お》いた。

「……防犯《ぼうはん》システムを再考《さいこう》します」

アリスがそう頷《うなず》き、アッサム・ティーのカップを口《くち》に運《はこ》んだその時《とき》。

「おはよ〜ござ……って、人《ひと》のうちに勝手《かって》に上《あ》がって何《なに》をやってるんです⁉」

ナイト・キャップにパジャマ姿《すがた》、寝《ね》ぼけまなこのP《ピー》・P《ピー》・ジュニアが部屋《へや》から出《で》てきて、赤《あか》ずきんをにらんだ。P《ピー》・P《ピー》・ジュニアは昨日《きのう》、国内最大《こくないさいだい》の宝石強盗団《ほうせきごうとうだん》の逮捕《たいほ》に協力《きょうりょく》して、帰《かえ》りが遅《おそ》かったのだ。

「何《なに》って、お仕事頼《しごとたの》みに来《き》たんだよ。昨日予約《きのうよやく》したでしょ、弟君《おとうとくん》が？」

赤《あか》ずきんは肩《かた》をすくめてから、柱時計《はしらどけい》に目《め》をやる。

「まあ、まだ1時間《じかん》ほど早《はや》いけどね」

「電話《でんわ》、ヘンゼル君《くん》だったの？」

そう言《い》えば昨日《きのう》、依頼《いらい》してきた人《ひと》の名前《なまえ》を聞《き》くのをコロッと忘《わす》れていたようだ。

「はい、僕《ぼく》です」

ヘンゼルが怪盗《かいとう》とは思《おも》えない礼儀正《れいぎただ》しさで答《こた》える。

「あなた方《がた》、知《し》り合《あ》いだったんですか？」

Ｐ《ピー》・Ｐ《ピー》・ジュニアは、赤《あか》ずきんとグレーテルを見比《みくら》べた。

「グレちゃん、転校《てんこう》してきたばっかでさ。あたしが最初《さいしょ》の友《とも》だちになってあげた訳《わけ》」

赤《あか》ずきんはグレーテルを指《ゆび》さしながら説明《せつめい》した。

「同《おな》じ学校《がっこう》ですか？」

と、アリス。

「うん、県立森之奥高校《けんりつもりのおくこうこう》」

白瀬市内《しらせしない》にあるふたつの高校《こうこう》のうちのひとつで、進学校《しんがっこう》じゃない方《ほう》だ。

「ヘンゼル君《くん》は？」

ヘンゼルは、アリスとあまり変《か》わらない年《とし》のはずである。

「僕《ぼく》は９歳《さい》で大学《だいがく》を出《で》ちゃってますから」

ヘンゼルはサラリとすごいことを告白《こくはく》した。

「……どうせ私《わたし》はヘンゼルみたいに頭《あたま》よくないもん。クラスでも浮《う》いてる。男《おとこ》の子《こ》にも人《にん》気《き》ない。私《わたし》は運《うん》に見放《みはな》されたダメな女《おんな》の子《こ》」

グレーテルはうつむいたまま頭《あたま》を振《ふ》る。

（どうしたんでしょう？）

そんなグレーテルの様子《ようす》に、アリスは首《くび》を傾《かし》げた。

グレーテルといえば――。

やたらいばっていて、自分大好《じぶんだいす》き、目立《めだ》ちたがり屋《や》の騒《さわ》がしい女《おんな》の子《こ》である。

なのに、今日《きょう》はずいぶんと元気《げんき》がない。

落《お》ち込《こ》んでいる時《とき》のアリス並《な》みだ。

「で、依頼《いらい》は何《なん》です？　悪《わる》いことなら手《て》を貸《か》しませんよ」

P《ピー》・P《ピー》・ジュニアは、まず最初《さいしょ》にそう告《つ》げた。

「ええっと、あたしから説明《せつめい》しちゃっていいのかな？」

赤《あか》ずきんはグレーテルの顔《かお》をのぞき込《こ》む。

「……そんなこと、誰《だれ》も頼《たの》んでない、誰《だれ》も頼《たの》んでない、誰《だれ》も頼《たの》んでない、誰《だれ》も頼《たの》んでない。

どうせ頼《たの》んでもムダムダムダムダ……そう、これは呪《のろ》い。呪《のろ》いだもん」

グレーテルは頭《あたま》を抱《かか》え、ブツブツと続《つづ》けた。

「呪《のろ》い？」

アリスは聞《き》き返《かえ》す。

「姉《ねえ》さん、自分《じぶん》が呪《のろ》われてるって信《しん》じているんです」

ヘンゼルはため息《いき》をついた。

「僕《ぼく》もそれがまんざら、気《き》のせいって思《おも》えなくって」

「くわしく聞《き》きましょうか？」

P《ピー》・P《ピー》・ジュニアが身《み》を乗《の》り出《だ》す。

「そう、あれは今《いま》から2週間前《しゅうかんまえ》——」

ヘンゼルは語《かた》り出《だ》した。


午前《ごぜん》2時《じ》15分《ふん》。

ヘンゼルとグレーテルは、ドイツの南部《なんぶ》、ミュンヘン郊外《こうがい》のある屋敷《やしき》を訪《おとず》れていた。

あたりは月《つき》に照《て》らし出《だ》されたブドウ畑《ばたけ》。

人通《ひとどお》りはなく、静《しず》まり返《かえ》り、フクロウの声《こえ》さえ聞《き》こえない。

屋敷《やしき》の正面《しょうめん》の門《もん》には、ここがどういう場所《ばしょ》なのか示《しめ》すものはない。

この屋敷《やしき》は人形《にんぎょう》だけを集《あつ》めた博物館《はくぶつかん》。

『黒人形館《くろにんぎょうかん》』という名《な》で、地元《じもと》では知《し》られていた。

「へへへ、楽勝《らくしょう》〜！」

グレーテルが音《おと》もなく高《たか》い塀《へい》を乗《の》り越《こ》え、ヘンゼルがあとに続《つづ》く。

「姉《ねえ》さん、静《しず》かにして」

屋敷《やしき》の窓《まど》に近《ちか》づいたヘンゼルが、人差《ひとさ》し指《ゆび》を唇《くちびる》に当《あ》て、それからガラスを切《き》りにかかる。

「平気《へいき》だって。調《しら》べたでしょ？　ここ、夜《よる》になると誰《だれ》もいなくなるんだよ」

グレーテルが唇《くちびる》を尖《とが》らせた。

「それが怪《あや》しいんだよ。この博物館《はくぶつかん》、貴重《きちょう》なアンティークの人形《にんぎょう》がたくさん置《お》いてあるのに。もしかすると、人工知能《じんこうちのう》（ＡＩ《エーアイ》）を搭載《とうさい》したセキュリティ・ロボットとかが配備《はいび》されてるかも知《し》れない」

「あんたね、ＳＦ《エスエフ》の読《よ》みすぎ」

姉《あね》が見守《みまも》るなか、ヘンゼルは窓《まど》ガラスに開《あ》けた穴《あな》に手《て》を入《い》れて鍵《かぎ》を開《あ》け、博物館《はくぶつかん》に侵入《しんにゅう》する。

「ええっと、あの人形《にんぎょう》があるのはっと――」

グレーテルは地図《ちず》を広《ひろ》げた。地図《ちず》は、ここを何度《なんど》か訪《おとず》れてヘンゼルが作《つく》ったものだ。

「こっちね」

目的《もくてき》の場所《ばしょ》を調《しら》べたグレーテルは、小型《こがた》のライトで足元《あしもと》を照《て》らしながら廊下《ろうか》を進《すす》んだ。

突《つ》き当《あ》たりの部屋《へや》の鍵《かぎ》を、またヘンゼルが開《あ》けて中《なか》に入《はい》ると、正面《しょうめん》のガラスケースにその人形《にんぎょう》はあった。60センチほどの大《おお》きさの西洋人形《せいようにんぎょう》だ。

変《か》わっているところがあるとすれば、ドクロの髪飾《かみかざ》りをつけていることぐらいである。

「これがレディ・バターカップ。別名《べつめい》『呪《のろ》われた人形《にんぎょう》』ね？」

「歴史的《れきしてき》なビスク・ドールらしいよ」

と、ヘンゼルはタブレット端末《たんまつ》に映《うつ》し出《だ》された情報《じょうほう》を姉《あね》に見《み》せる。

ビスク・ドールというのは、磁器《じき》で作《つく》られたアンティークの人形《にんぎょう》のことだ。

「この博物館《はくぶつかん》の公式《こうしき》ホームページによると、この人形《にんぎょう》が作《つく》られたのは今《いま》からおよそ４５０年前《ねんまえ》。スコットランドのメアリー女王《じょおう》が誕生日《たんじょうび》に贈《おく》られたもので、その後《ご》、フランス王妃《おうひ》マリー・アントワネット、オーストリア皇妃《こうひ》エリザベートの手《て》に渡《わた》り、それからヒットラーの手《て》に渡《わた》ったとされているけど、その後《ご》、行方不明《ゆくえふめい》になったみたい。数年前《すうねんまえ》、謎《なぞ》の死《し》を遂《と》げた大富豪《だいふごう》の遺産《いさん》の中《なか》から発見《はっけん》され、この博物館《はくぶつかん》に寄贈《きぞう》されたって」

「メアリー女王《じょおう》にマリー・アントワネット、エリザベートにヒットラー。みんな有名人《ゆうめいじん》だよね。私《わたし》もその仲間入《なかまい》りか〜」

グレーテルは頭《あたま》をかいて、心底《しんそこ》うれしそうな笑《え》みを浮《う》かべた。

「処刑《しょけい》されたり、暗殺《あんさつ》されたり、自殺《じさつ》したり。ろくな死《し》に方《かた》してない人《ひと》ばかりだよね？その人形《にんぎょう》、本当《ほんとう》に呪《のろ》われてるんじゃない？」

と、こちらは不安《ふあん》を隠《かく》せないヘンゼル。

「だからなおさら、価値《かち》があるんだって」

警報装置《けいほうそうち》は仕掛《しか》けられていない。

グレーテルはケースを開《ひら》き、人形《にんぎょう》を取《と》り出《だ》して抱《だ》きしめる。

「……目《め》え、怖《こわ》っ！」

人形《にんぎょう》の顔《かお》を見《み》つめ、グレーテルはプッと噴《ふ》き出《だ》した。

確《たし》かに、アンティークの人形《にんぎょう》の瞳《ひとみ》は感情《かんじょう》がなくて、不気味《ぶきみ》にも見《み》える。

「姉《ねえ》さん、だったら盗《ぬす》むのやめる？」

「やめない。これ、いくらすると思《おも》ってるのよ？　１００万《まん》ユーロよ、１００万《まん》！」

グレーテルはデジタルカメラを弟《おとうと》に渡《わた》すと、人形《にんぎょう》に頬《ほお》を寄《よ》せて笑顔《えがお》を見《み》せる。

「ほら、盗《ぬす》んだ証拠《しょうこ》のツーショット！　撮《と》って撮《と》って！」

「はいはい」

姉《あね》に逆《さか》らってもろくなことがないことをよく知《し》っているヘンゼルは、シャッターを切《き》った。フラッシュが焚《た》かれたその瞬間《しゅんかん》、笑顔《えがお》のグレーテルの足元《あしもと》を黒猫《くろねこ》が横切《よこぎ》ったが、ヘンゼルは黙《だま》っておくことにする。

どこか遠《とお》くで、雷《かみなり》の音《おと》がした。


翌日《よくじつ》。

「な、な、何《なん》でこんなことに〜っ⁉」

ヘンゼルとグレーテルは、パリのエッフェル塔《とう》の前《まえ》で警官隊《けいかんたい》に囲《かこ》まれていた。

「あ〜、ついてない！　今《いま》までこんなうっかりはなかったのに！」

売店《ばいてん》の陰《かげ》に隠《かく》れたグレーテルは、髪《かみ》をかきむしった。

指名手配犯《しめいてはいはん》のヘンゼルとグレーテルは普段《ふだん》、偽《にせ》のパスポートをいくつも持《も》ち歩《ある》いている。ところが今朝《けさ》、たまたま警官《けいかん》に職務質問《しょくむしつもん》を受《う》けた時《とき》に、そのパスポートをバラバラと落《お》としてしまったのだ。

当然《とうぜん》、連絡《れんらく》を受《う》けた警官隊《けいかんたい》が、ふたりを捕《つか》まえるために集《あつ》まってきた。

「姉《ねえ》さん、こっち！」

ヘンゼルがマンホールのふたを開《あ》ける。

パリの地下《ちか》には、古《ふる》くから網《あみ》の目《め》のように下水道《げすいどう》が広《ひろ》がっているのだ。

「え〜っ！　下水道《げすいどう》⁉」

グレーテルは露骨《ろこつ》に嫌《いや》な顔《かお》をする。

「他《ほか》にないでしょ！」

ヘンゼルは姉《あね》の背中《せなか》を押《お》してマンホールに押《お》し込《こ》んだ。

「わっ！　ちょっと――」

ザッバ〜ン！

水《みず》しぶきの音《おと》がした。

「うう〜、まだ臭《にお》いが取《と》れない」

何《なん》とか警官隊《けいかんたい》をまいたグレーテルは、カフェのトイレで汚《よご》れを落《お》として出《で》てきた。

「あんまり、そばに寄《よ》らないで欲《ほ》しいんだけど？」

ヘンゼルは姉《あね》にあまり近《ちか》づこうとはしない。

「生意気《なまいき》なこと言《い》うな〜！」

グレーテルは弟《おとうと》に抱《だ》きつくと、濡《ぬ》れている髪《かみ》を弟《おとうと》の上着《うわぎ》でふいた。

「でも、姉《ねえ》さん、いつもは身軽《みがる》なのに、ハシゴを滑《すべ》り落《お》ちちゃうなんて珍《めずら》しいよね？」

消臭《しょうしゅう》スプレーを自分《じぶん》に振《ふ》りかけながら、ヘンゼルは尋《たず》ねる。

「そうなのよ〜、こんな失敗《しっぱい》、めったにしないのに」

グレーテルは肩《かた》を落《お》とした。

「大《おお》ネズミの大群《たいぐん》にも襲《おそ》われるし、ワニは出《で》てくるし――」

ヘンゼルはため息《いき》をもらす。

「でもよかった〜！　これが無事《ぶじ》で！」

グレーテルはボストンバッグからビスク・ドールを取《と》り出《だ》して、頬《ほお》ずりをした。

ヘンゼルはじっとビスク・ドールを見《み》つめていたが、やがて、心《こころ》に生《う》まれた疑《うたが》いを打《う》ち消《け》そうとするかのように頭《あたま》を振《ふ》る。

「……まさか、ね？」

「ともかく、フランスにはしばらく来《こ》られないわね。次《つぎ》のお仕事《しごと》はイタリアよ！」

グレーテルは宣言《せんげん》した。


ところが、イタリアへと向《む》かう途中《とちゅう》でも。

「こんなのってアリ〜ッ!?」

グレーテルは雪《ゆき》、また雪《ゆき》の真《ま》っ白《しろ》な風景《ふうけい》の中《なか》で絶叫《ぜっきょう》していた。ふたりが乗《の》った飛行機《ひこうき》がエンジン故障《こしょう》を起《お》こし、アルプスの山《やま》の中《なか》に不時着《ふじちゃく》した。

「ま、まあ、ついてたわよ。怪我《けが》ひとつないし」

煙《けむり》を上《あ》げる飛行機《ひこうき》から離《はな》れ、ボロボロの姿《すがた》で山《やま》を下《お》りるグレーテルは、まだまだ前向《まえむ》きだった。だが、グレーテルが抱《かか》える人形《にんぎょう》へと向《む》けられるヘンゼルの視線《しせん》はだんだん変《か》わってきている。

「……あり得《え》ないとは思《おも》うけど」

ヘンゼルは人形《にんぎょう》の顔《かお》が一瞬《いっしゅん》、ニヤッと笑《わら》ったように見《み》えた。


イタリアでも、グレーテルは次々《つぎつぎ》と不幸《ふこう》に見舞《みま》われた。

ヴェネツィアではゴンドラからザブンと運河《うんが》に落《お》ち、ナポリではピッツァを食《た》べる時《とき》に口《くち》の中《なか》を火傷《やけど》した。ローマでは人形《にんぎょう》以外《いがい》の荷物《にもつ》をすべて盗《ぬす》まれ、ミラノでは車《くるま》にひかれそうになった。

こうなると、さすがのグレーテルも人形《にんぎょう》のことを気《き》にし始《はじ》める。

そして、呪《のろ》われていると確信《かくしん》を持《も》ったのは、銀行預金《ぎんこうよきん》が誰《だれ》かによって全額《ぜんがく》引《ひ》き出《だ》されていることに気《き》がついた時《とき》だった。

「あは、あはははは……」

銀行《ぎんこう》を出《で》たグレーテルはその場《ば》に座《すわ》り込《こ》んで力《ちから》なく笑《わら》う。

「呪《のろ》い……私《わたし》、呪《のろ》われてる。人形《にんぎょう》の呪《のろ》いって、本当《ほんとう》だったんだ」

「姉《ねえ》さん、気《き》をしっかり持《も》って！」

ヘンゼルがなぐさめようとするが、グレーテルは涙目《なみだめ》になってその腕《うで》をギュッと握《にぎ》った。

「お願《ねが》い、助《たす》けて」

グレーテルが生《う》まれて初《はじ》めて、「お願《ねが》い」という言葉《ことば》を口《くち》にした瞬間《しゅんかん》だった。


「と、これが今週《こんしゅう》までの出来事《できごと》です。そのあとも何回《なんかい》か、日本《にほん》で美術館《びじゅつかん》に盗《ぬす》みに入《はい》っているんですが、すべて失敗《しっぱい》しています。僕《ぼく》は姉《あね》と違《ちが》って理性的《りせいてき》なタイプだと思《おも》うんですが、呪《のろ》いの存在《そんざい》を信《しん》じちゃいそうです」

ヘンゼルは話《はなし》を締《し》めくくった。

「うにゅう、呪《のろ》いの人形《にんぎょう》ですか？」

P《ピー》・P《ピー》・ジュニアは虫《むし》メガネを取《と》り出《だ》し、椅子《いす》に座《すわ》らされている人形《にんぎょう》をじっくりと観察《かんさつ》した。

「髪飾《かみかざ》りがドクロって時点《じてん》で、盗《ぬす》むのためらうんじゃないですか、普通《ふつう》は？」

P《ピー》・P《ピー》・ジュニアはヘンゼルに尋《たず》ねる。

「うちの姉《あね》にとっては、そういう変《へん》なところもレア物《もの》の証明《しょうめい》にしかすぎないんですよ」

答《こた》えるヘンゼル。

一方《いっぽう》、グレーテルは弟《おとうと》が説明《せつめい》している間《あいだ》にダイニングの隅《すみ》に移動《いどう》して、ひざを抱《かか》えて座《すわ》り込《こ》んでいる。

(前《まえ》に会《あ》った時《とき》とは、まるで別人《べつじん》)

アリスはちょっとかわいそうになって、グレーテルに近《ちか》づいた。

「……こんなの不公平《ふこうへい》……私《わたし》は世界一正直《せかいいちしょうじき》で品行方正《ひんこうほうせい》な怪盗《かいとう》なのに……代《か》わりに誰《だれ》か呪《のろ》われちゃえ……そだ、ヘンゼルでいいや……ヘンゼル、呪《のろ》われろ」

グレーテルは相変《あいか》わらず、ブツブツ言《い》っている。

(……ぜんぜん、今《いま》までと変《か》わっていないです)

アリスは心《こころ》の中《なか》で、さっきの意見《いけん》を訂正《ていせい》した。

「呪《のろ》われていると思《おも》っても捨《す》てないんですか?」

P《ピー》・P《ピー》・ジュニアはグレーテルに質問《しつもん》する。

「捨《す》てられるか〜っ！　レア物《もの》よ！　高《たか》いのよ！」

グレーテルは血走《ちばし》った目《め》でP《ピー》・P《ピー》・ジュニアをにらみ返《かえ》した。

「……助《たす》ける気《き》が失《う》せますね」

P《ピー》・P《ピー》・ジュニアはうんざりといった顔《かお》だ。

「実《じつ》は――」

姉《あね》に聞《き》こえないよう、小《ちい》さな声《こえ》でヘンゼルがアリスに教《おし》える。

「姉《あね》に黙《だま》って何度《なんど》か捨《す》てようとしたことがあるんです。でも、そのたびにこの人形《にんぎょう》、戻《もど》ってきちゃって」

アリスがチラリと人形《にんぎょう》を見《み》ると、その瞳《ひとみ》がわずかに動《うご》いたような気《き》がした。

「で、ペンちゃん、助《たす》けてくれる？」

赤《あか》ずきんが聞《き》いた。

「お帰《かえ》りいただきましょうか」

P《ピー》・P《ピー》・ジュニアは玄関《げんかん》に行《い》って扉《とびら》を開《あ》ける。

「ししょ〜？」

てっきり引《ひ》き受《う》けるものだと思《おも》っていたアリスは、信《しん》じられないというようにP《ピー》・P《ピー》・ジュニアを見《み》つめた。

「いいですか、アリス」

P《ピー》・P《ピー》・ジュニアはヒレを背中《せなか》で組《く》んで――実際《じっさい》は届《とど》かなかったけれど、少《すく》なくとも組《く》もうとして――、ゆっくりと歩《ある》きながら説明《せつめい》した。

「呪《のろ》いなんて、あり得《え》ないんです。グレーテルはですね、人形《にんぎょう》を盗《ぬす》んだ時《とき》に、それが呪《のろ》いのかかった物《もの》だとヘンゼルから聞《き》かされた。それが頭《あたま》の隅《すみ》っこに残《のこ》っていて、いくつかの不注意《ふちゅうい》とトラブルが重《かさ》なったのを、呪《のろ》いのせいだと思《おも》い込《こ》んだ。それだけのことです」

「そうなの？」

アリスも呪《のろ》いを信《しん》じている訳《わけ》ではないが、P《ピー》・P《ピー》・ジュニアほどは自信《じしん》が持《も》てなかった。

「ペンちゃん、前《まえ》にあたしのことは助《たす》けてくれたじゃない？」

赤《あか》ずきんが頰《ほお》をふくらませる。

「それはそれ、これはこれです」

P《ピー》・P《ピー》・ジュニアはまったく相手《あいて》にしなかった。

「まあ、実際《じっさい》にその呪《のろ》いとやらを見《み》せてもらえれば、助《たす》けないこともないですが――」

P《ピー》・P《ピー》・ジュニアがフフンと笑《わら》ったその時《とき》。

玄関《げんかん》のチャイムが鳴《な》った。

「どなたでしょうか？」

とりあえず、玄関《げんかん》に向《む》かうアリス。

扉《とびら》を開《あ》けると、そこに立《た》っていたのはメイドたちと執事《しつじ》を引《ひ》き連《つ》れた赤妃《あかひ》リリカだった。

「庶民《しょみん》！　感謝《かんしゃ》なさい！」

リリカはアリスの顔《かお》を見《み》るなり高笑《たかわら》いした。

「あの――」

「この私《わたし》、映画《えいが》の宣伝《せんでん》も兼《か》ねて！　今度《こんど》、響様《ひびきさま》と一緒《いっしょ》に料理《りょうり》番組《ばんぐみ》に出演《しゅつえん》することが決《き》まりましたの！」

リリカは勝手《かって》に入《はい》り込《こ》みながら説明《せつめい》する。

「その訓練《くんれん》も兼《か》ねて！　今日《きょう》はP様《ピーさま》とあなたに、私《わたし》のゴージャスかつデリ～シャスな手料理《てりょうり》を作《つく》って差《さ》し上《あ》げようと、こうして朝早《あさはや》い時間《じかん》に参上《さんじょう》したのです！」

「あの、実《じつ》はですね――」

アリスはもう朝食《ちょうしょく》は済《す》ませたと伝《つた》えようとするが――。

「あら？」

ダイニングを見渡《みわた》したリリカが先《さき》に言《い》った。

「今日《きょう》はお客《きゃく》が多《おお》いようですわね？」

「はい、だから――」

「やっほ～、リリカちゃんじゃん！」

アリスの言葉《ことば》をさえぎるように、赤《あか》ずきんが手《て》を振《ふ》った。

「どうもはじめまして」

そう挨拶《あいさつ》したのはヘンゼル。

「…………これも呪《のろ》い？」

グレーテルの方《ほう》はひざを抱《かか》えたまま、顔《かお》を上《あ》げようともしない。

実《じつ》は――。

ヘンゼルとグレーテルは、リリカから秘宝《ひほう》のイヤリングを盗《ぬす》もうとしたことがある。もっとも、事件《じけん》はアリスたちが防《ふせ》いだので、リリカの方《ほう》はそれを知《し》らないのだが。

「まあ、初対面《しょたいめん》の方《かた》たちや、気軽《きがる》にやっほ～などと挨拶《あいさつ》されたくない方《かた》もいらっしゃるようですけど。ついでにふるまって差《さ》し上《あ》げましょう。神崎《かんざき》、食材《しょくざい》の用意《ようい》を」

「はっ！」

リリカは執事《しつじ》に命《めい》じ、キッチンに向《む》かった。

関係《かんけい》のないリリカを、騒動《そうどう》に巻《ま》き込《こ》む訳《わけ》にはいかない。呪《のろ》いの人形《にんぎょう》の話《はなし》はまたあとで、というようにP《ピー》・P《ピー》・ジュニアがアリスに目《め》で合図《あいず》を送《おく》る。

「赤妃《あかひ》さん、料理《りょうり》したことがあるのでしょうか？」

エプロンを身《み》につけるリリカを見《み》て、アリスは尋《たず》ねた。

「……理論《りろん》は完璧《かんぺき》ですわ！」

理論《りろん》という言葉《ことば》が、これほど人《ひと》を不安《ふあん》にさせたことがあっただろうか？

アリスは助《たす》けを求《もと》める目《め》を、メイド隊《たい》や神崎《かんざき》の方《ほう》に向《む》ける。

メイド隊《たい》は顔《かお》を背《そむ》けて目《め》にハンカチを当《あ》て、神崎《かんざき》はアリスの耳《みみ》にこうささやいた。

「万《まん》が一《いち》のことを考《かんが》えて、救急車《きゅうきゅうしゃ》は手配済《てはいず》みです」

「庶民《しょみん》、あなたは失礼《しつれい》なことを考《かんが》えているようですが、つい2日前《かまえ》も、白兎《しらと》に作《つく》って試食《ししょく》させてみたら、絶賛《ぜっさん》の嵐《あらし》でしたのよ」

リリカは振《ふ》り返《かえ》り、フライ返《がえ》しをアリスに向《む》ける。

(……もしかすると)

アリスは急《きゅう》に計太《けいた》の身《み》の上《うえ》が心配《しんぱい》になってきた。

昨日《きのう》の金曜日《きんようび》、計太《けいた》は急病《きゅうびょう》で欠席《けっせき》していたからだ。

リリカが料理《りょうり》を始《はじ》めるタイミングを見計《みはか》らい、アリスはこっそり計太《けいた》に電話《でんわ》してみる。

「……白兎君《しらとくん》ですか?」

『あれ、夕星《ゆうずつ》さん?』

呼《よ》び出《だ》し音《おん》のあとで、意外《いがい》と元気《げんき》そうな計太《けいた》の声《こえ》がした。

「お休《やす》みのところ、申《もう》し訳《わけ》ありません。ちょっとおうかがいしたいことが」

アリスは電話《でんわ》がちょっと苦手《にがて》。相手《あいて》が友《とも》だちでも口調《くちょう》がちょっとぎこちなくなる。

『気《き》にしないでくださいよ。友《とも》だちじゃないですか? で、何《なん》です?』

「いえ、何故《なぜ》、昨日欠席《きのうけっせき》なされたのかと?」

『ああ、そのことですか。実《じつ》は、朝《あさ》から体《からだ》の調子《ちょうし》が悪《わる》くって』

計太《けいた》はちょっと照《て》れたように答《こた》える。

「風邪《かぜ》？」

『風邪《かぜ》ぐらいならいいんですけど』

「ペストか天然痘《てんねんとう》に感染《かんせん》？」

『そんなことになってたら、僕《ぼく》、ニュースに出《で》てますって！　一昨日《おととい》から、熱《ねつ》が出《で》て、体《からだ》がだるくて、全然集中力《ぜんぜんしゅうちゅうりょく》がわかないんですよ。ネットでそんな症状《しょうじょう》を調《しら》べたんですけど、これって低周波《ていしゅうは》のせいじゃないかなあって』

「低周波《ていしゅうは》というと、肩《かた》こりを治《なお》す？」

アリスは通販番組《つうはんばんぐみ》でそんな言葉《ことば》を聞《き》いた覚《おぼ》えがあった。

『あれは電気《でんき》を体《からだ》に流《なが》すものでしょう？　こっちは低周波《ていしゅうは》でも音波《おんぱ》の方《ほう》です』

そう言《い》われても、アリスには音波《おんぱ》と電波《でんぱ》の区別《くべつ》もつかない。

『人間《にんげん》に聞《き》こえる音《おと》というのは、まあ、20ヘルツから2万《まん》ヘルツです』

計太《けいた》が解説《かいせつ》を始《はじ》めた。

「……なるほど」

ヘルツというのは、メートルとか、キログラムみたいな単位《たんい》だろう。

アリスはとりあえず、分《わ》かった振《ふ》りをする。

『それで、人間《にんげん》には聞《き》こえない20ヘルツ以下《いか》の音《おと》を超低周波音《ちょうていしゅうはおん》というんですが、これ、健《けん》康《こう》に害《がい》があると一部《いちぶ》で言《い》われているんです。家電《かでん》や風力発電《ふうりょくはつでん》の風車《ふうしゃ》、トラックのエンジンなどからこの低周波音《ていしゅうはおん》は出《で》ていて、それが深刻《しんこく》な頭痛《ずつう》やめまい、不眠《ふみん》やイライラ、不安《ふあん》の原因《げんいん》になるそうなんです』

計太《けいた》はここでため息《いき》をついた。

『僕《ぼく》の部屋《へや》、パソコンとかたくさんあるから、かなり低周波《ていしゅうは》が出《で》てるはずなんですよね。きっと、それで体調《たいちょう》を崩《くず》してるんですよ』

「お見舞《みま》いに行《い》かなくてごめんなさい」

『あはは、いいですよ。もう治《なお》りかけてますし。それじゃ、僕《ぼく》はもう少《すこ》し寝《ね》てますね』

「お大事《だいじ》に」

アリスは電話《でんわ》を切《き》った。

どうやら食中毒《しょくちゅうどく》ではないようだ。

……または、その自覚《じかく》がないだけかも知《し》れないが。

一方《いっぽう》。

「いや〜、楽《たの》しみですね〜」

P《ピー》・P《ピー》・ジュニアは、ナイフとフォークを用意《ようい》して、テーブルに着《つ》いていた。

実《じつ》にポジティヴ。というか時《とき》どきアリスは、P《ピー》・P《ピー》・ジュニアは食《く》い意地《いじ》が張《は》りすぎているのでは、と思《おも》うことがある。

やがて、料理《りょうり》が完成《かんせい》し、メイド隊《たい》の手《て》によってテーブルに運《はこ》ばれてくる。

「この子《こ》って、逆《さか》らうと結構《けっこう》メンドーなんだよね」

赤《あか》ずきんたちも1時間《じかん》ほど前《まえ》に食《た》べたばかりだったが、あとが怖《こわ》いのでテーブルを囲《かこ》むことにした。

「庶民《しょみん》、あなたも召《め》し上《あ》がれ」

リリカはアリスも当然《とうぜん》、強引《ごういん》に席《せき》に着《つ》かせる。

「私《わたし》はもう、朝食《ちょうしょく》は——」

アリスは最後《さいご》まで抵抗《ていこう》を試《こころ》みたが。

「いいですのよ、そんなに遠慮《えんりょ》なさらなくても！」

「………………」

こうなるともう、逃《に》げる訳《わけ》にはいかない。

（もしかすると、実《じつ》は料理《りょうり》の才能《さいのう》があったという、意外《いがい》な結末《オチ》が待《ま》っているかも）

アリスはわずかな希望《きぼう》にすがることにした。

「いただかせていただきます」

ひと口目《くちめ》で、希望《きぼう》にすがったのは間違《まちが》いだったとアリスはさとった。

そもそも、見《み》た目《め》も正体不明《しょうたいふめい》な料理《りょうり》だったが、味《あじ》、というか、口《くち》に含《ふく》んだ感《かん》じは何《なに》かの生命体《せいめいたい》のようだった。

（非常《ひじょう》に……ヌメヌメで……ぷにぷにで……ジャリジャリで……しょっぱくて、甘《あま》ったるくて、激辛《げきから》で……動《うご》いてる？）

これが毒《どく》だと聞《き》いても、アリスは驚《おどろ》かなかっただろう。

そして、同《おな》じ感想《かんそう》を抱《いだ》いたのは、ひとりではなかった。Ｐ《ピー》・Ｐ《ピー》・ジュニアは皿《さら》に突《つ》っ伏《ぷ》し、ヘンゼルは座《すわ》ったまま固《かた》まり、赤《あか》ずきんは椅子《いす》から転《ころ》げ落《お》ちた。

「ほらっ、これも人形《にんぎょう》の呪《のろ》いよ！　私《わたし》は逃《に》げるから！　そう！　呪《のろ》いの届《とど》かない世界《せかい》の果《は》てまで！」

グレーテルは立《た》ち上《あ》がると、玄関《げんかん》に向《む》かって走《はし》り出《だ》した。

そして、ドアノブを握《にぎ》ったその瞬間《しゅんかん》。

「ほべぎゃぶふぐぎゅわ〜っ！」

人間《にんげん》のものとは思《おも》えぬ声《こえ》がした。

グレーテルは黒《くろ》い煙《けむり》を上《あ》げながら、白目《しろめ》をむいて伸《の》びていた。

「……どうしたんですの？」

リリカが、倒《たお》れたグレーテルの顔《かお》をのぞき込《こ》む。

アリスは開《ひら》きかけの扉《とびら》のところに行《い》くと、ドアノブに触《さわ》らないように注意《ちゅうい》して押《お》し開《あ》け、外《そと》に回《まわ》る。

「これが……原因《げんいん》？」

玄関《げんかん》の照明《しょうめい》が壊《こわ》れ、そこから垂《た》れた電線《でんせん》がドアノブに引《ひ》っかかっていた。

「感電《かんでん》ですか？」

P《ピー》・P《ピー》・ジュニアが尋《たず》ねる。

「のようです」

アリスは頷《うなず》いた。


さすがのP《ピー》・P《ピー》・ジュニアもこれが偶然《ぐうぜん》ではないとようやく納得《なっとく》したようで、一同《いちどう》は応《おう》接室《せっしつ》に集《あつ》まった。

リリカにも、どういうことになっているのかを赤《あか》ずきんが説明《せつめい》した。

「――で、これが仮《かり》に本当《ほんとう》の呪《のろ》いだとして。巻《ま》き込《こ》まれてみると、ひじょ～に深刻《しんこく》な問題《もんだい》であると分《わ》かりました」

P《ピー》・P《ピー》・ジュニアはせき払《ばら》いをすると、みんなに告《つ》げた。

「いったい、どうするべきか？　私《わたし》としては、もともとグレーテルの自業自得《じごうじとく》なのですから、放《ほう》っておいてもいいような気《き》がするんですが？」

「しょ～、冷《つめ》たい」

アリスはとがめるような目《め》を向《む》ける。

「極地《きょくち》にすむペンギンですので」

P《ピー》・P《ピー》・ジュニアはぜんぜんこたえた様子《ようす》はない。

さらに。

「自分《じぶん》でここに連《つ》れてきてなんだけど、これ以上《いじょう》とばっちりを食《くら》うのもゴメンだよね」

赤《あか》ずきんまでもが、執事《しつじ》の神崎《かんざき》が差《さ》し出《だ》した胃薬《いぐすり》を飲《の》みながら顔《かお》をしかめる。

「この私《わたし》のデリ〜シャスな料理《りょうり》に呪《のろ》いを移《うつ》すなんて、珊瑚盗難《さんごとうなん》（注《ちゅう》・言語道断《ごんごどうだん》）ですわ！」

と、リリカが腰《こし》に手《て》を当《あ》てて人形《にんぎょう》をにらんだその時《とき》。

「クククク……どうやらお困《こま》りのご様子《ようす》ですね？」

アリスの背中《せなか》の方《ほう》で声《こえ》がした。

振《ふ》り返《かえ》ってみると、人形《にんぎょう》のアップリケだらけの緑《みどり》の服《ふく》を身《み》につけ、熊《くま》のヌイグルミを頭《あたま》にのせた男《おとこ》が、そこには立《た》っていた。

「むにゅう、今日《きょう》はほんとに来客《らいきゃく》が多《おお》いですね」

P《ピー》・P《ピー》・ジュニアが面白《おもしろ》くなさそうな顔《かお》をする。

「我《わ》が名《な》はドロッセルマイヤー。闇《やみ》の人形《にんぎょう》つかいです。以後《いご》、お見知《みし》り置《お》きを」

尖《とが》ったあごの先《さき》にヤギのようなヒゲを伸《の》ばしたその男《おとこ》は、アリスたちにお辞儀《じぎ》した。

「ドロッセルマイヤー？」

その名前《なまえ》に真《ま》っ先《さき》に反応《はんのう》したのはP《ピー》・P《ピー》・ジュニアだった。

「ほほう、お気《き》づきになられたようですね？　そうです、私《わたし》は『黒人形館《くろにんぎょうかん》』の館長《かんちょう》です」

黒人形館《くろにんぎょうかん》といえば、呪《のろ》いの人形《にんぎょう》が納《おさ》められていた人形博物館《にんぎょうはくぶつかん》。

ドロッセルマイヤーが出《だ》してみんなに配《くば》った名刺《めいし》は、黒人形館《くろにんぎょうかん》の入場割引券《にゅうじょうわりびきけん》になっていた。

「この私《わたし》なら、その人形《にんぎょう》の呪《のろ》いを解《と》いてあげることができますよ、犯罪芸術家《クリミナル・アーティスト》を名乗《なの》るお嬢《フロイライン》さん」

ドロッセルマイヤーはグレーテルに向《む》かって微笑《ほほえ》んだ。

「ほんとっ!?」

グレーテルは飛《と》び上《あ》がる。

「私《わたし》はあんまり嘘《うそ》はつきません」

ドロッセルマイヤーは頷《うなず》いた。

「だってほら、見《み》てください。私《わたし》、あなた方《がた》が盗《ぬす》むまでずっとあの人形《にんぎょう》の持《も》ち主《ぬし》だったんですよ？　私《わたし》が呪《のろ》いで困《こま》っているように見《み》えますか？」

「お願《ねが》いです！　盗《ぬす》んでごめんなさいです！　呪《のろ》いを解《と》いてくださ〜い！」

グレーテルはドロッセルマイヤーにしがみつく。

「よろしいですよ。ただし――」

ドロッセルマイヤーは目《め》を細《ほそ》めると、右《みぎ》の人差《ひとさ》し指《ゆび》を立《た》てた。

「呪《のろ》いを解《と》くには、条件《じょうけん》があります。あなたと弟君《おとうとくん》は、私《わたし》の部下《ぶか》となって働《はたら》くのです」

「部下《ぶか》に……なる？」

グレーテルはポカンとした顔《かお》で、ドロッセルマイヤーを見《み》つめる。

「そうです！　この闇《やみ》の人形《にんぎょう》つかいドロッセルマイヤーの目的《もくてき》は、世界中《せかいじゅう》のすばらし〜い人形《にんぎょう》を集《あつ》めること！　あなたたちは私《わたし》のコレクションのために、ありとあらゆる人形《にんぎょう》を盗《ぬす》んで回《まわ》るのです！」

ドロッセルマイヤーは両腕《りょううで》を大《おお》きく広《ひろ》げた。

「やるやる！　何《なん》だってやるから！」

グレーテルはコクコクと何度《なんど》も首《くび》を縦《たて》に振《ふ》る。

「……あなたはどうです、ヘンゼル君《くん》？」

ドロッセルマイヤーは弟《おとうと》の方《ほう》を振《ふ》り返《かえ》った。

「僕《ぼく》は――」

ヘンゼルは唇《くちびる》を噛《か》んでうつむく。

警察《けいさつ》に呪《のろ》いの人形《にんぎょう》の盗難届《とうなんとど》けが出《で》ているとは聞《き》いていない。なのに、ドロッセルマイヤーは、グレーテルがさんざんおびえきったこの時《とき》になって、突然《とつぜん》、姿《すがた》を現《あらわ》した。ヘンゼルが返事《へんじ》をためらっているのは、これが仕組《しく》まれたものだと気《き》がついているからだろう。でも、今《いま》のヘンゼルは、姉《あね》を人質《ひとじち》に取《と》られているようなもの。ドロッセルマイヤーに逆《さか》らうのは難《むずか》しい。

「さあ、どうします？　さあさあ？」

ドロッセルマイヤーが意地悪《いじわる》く、何度《なんど》も聞《き》き返《かえ》している間《あいだ》に。

アリスは部屋《へや》を出《で》て、手鏡《てかがみ》をポシェットから出《だ》した。

「アリス・リドル、登場《エンター・アリス・リドル》」

鏡《かがみ》の国《くに》に飛《と》び込《こ》んでもうひとりのアリスの姿《すがた》になったアリスは、植木鉢《うえきばち》に生《は》えている大《おお》きなキノコの上《うえ》に座《すわ》った。

呪《のろ》いがニセモノだと、アリスがはっきり確信《かくしん》したのは、グレーテルがドアノブで感電《かんでん》した時《とき》だった。

その少《すこ》し前《まえ》、リリカがやってきた時《とき》に、照明《しょうめい》は何《なん》ともなかったことをアリスは覚《おぼ》えていた。それがほんの1時間《じかん》で壊《こわ》れ、都合《つごう》よく電線《でんせん》がドアノブに引《ひ》っかかる可能性《かのうせい》は、奇跡的《きせきてき》なくらいに低《ひく》いだろう。

誰《だれ》かがわざと壊《こわ》して、感電《かんでん》するように仕組《しく》まない限《かぎ》りは。

（となると、他《ほか》の呪《のろ》いは？）

アリスは目《め》を閉《と》じ、考《かんが》えを巡《めぐ》らせた。

ついさっき、何《なに》かヒントになるようなことを誰《だれ》かから聞《き》いた気《き》もする。

それは——。

「ヘンゼル君《くん》」

アリスはアリス・リドルのまま、探偵社《たんていしゃ》に戻《もど》った。

「君《きみ》が……うわさのもうひとりのアリス？」

アリス・リドルとしては初対面《しょたいめん》のヘンゼルは、不思議《ふしぎ》そうにアリスを見《み》つめる。

「アリス・リドルです」

アリスが軽《かる》く頷《うなず》いてみせたその時《とき》。

「ちわ〜す、せっかち便《びん》のお届《とど》けで〜す！　はんこかサイン、お願《ねが》いしま〜す！」

チャイムが鳴《な》って、鳩《はと》の宅配員《たくはいいん》が帽子屋《ぼうしや》のアイテムを届《とど》けにやってきた。

アリスはこちらの世界《せかい》に戻《もど》る直前《ちょくぜん》に、ネット通販《つうはん》で帽子屋《ぼうしや》のアイテム・ショップに注文《ちゅうもん》をしていたのだ。

「帽子屋《ぼうしや》のポイントカードはお持《も》ちですか〜？」

アリスがカードを出《だ》すと、鳩《はと》の宅配員《たくはいいん》はスタンプをポンッとひとつ押《お》した。

「ども～」

鳩《はと》の宅配員《たくはいいん》は帽子《ぼうし》を脱《ぬ》いでお辞儀《じぎ》して、首《くび》を前後《ぜんご》に動《うご》かしながら帰《かえ》っていった。

「い、今《いま》のは何《なん》ですの？」

せっかち便《びん》が去《さ》っていった方向《ほうこう》を指《ゆび》さし、目《め》を丸《まる》くするリリカ。

「……いろいろあって《ロング・ストーリー》」

アリスは面倒《めんどう》なので説明《せつめい》を省《はぶ》くことにし、包《つつ》みを開《あ》ける。

「これ……が？」

アリスは崩《くず》れ落《お》ちそうになる。

中《なか》から出《で》てきたのが、うさ耳《みみ》のカチューシャだったからだ。

「こういうものは、計太君《けいたくん》だけにしてほしいです」

（ハンプティ・ダンプティもそうだけど、帽子屋《ぼうしや》さんまで……）

センスに関《かん》しては、普段《ふだん》のアリスも人《ひと》のことを言《い》えたものではない。

だがとりあえず、みんなが見《み》ている前《まえ》で恥《は》ずかしいけど、うさ耳《みみ》を身《み》につけてみる。

すると――。

ブ～ン！

空《あ》き瓶《びん》に唇《くちびる》を当《あ》てて吹《ふ》いた時《とき》のような低《ひく》い音《おと》が、アリスの耳《みみ》に飛《と》び込《こ》んできた。

この変《へん》な音《おと》は、先《さき》ほどから椅子《いす》に座《すわ》らされている例《れい》の人形《にんぎょう》の方《ほう》から聞《き》こえてくるようだ。

「……やっぱりです」

アリスは頷《うなず》いた。

「やっぱりって、何《なに》？」

と、赤《あか》ずきんが眉《まゆ》をひそめる。

「これは音波測定器《おんぱそくていき》。低周波音《ていしゅうはおん》が出《で》ているのが分《わ》かります」

アリスはうさ耳《みみ》を指《ゆび》さして説明《せつめい》した。

帽子屋《ぼうしや》が用意《ようい》したこのアイテムには、聞《き》こえない低《ひく》い音《おと》を聞《き》こえる高《たか》さにする働《はたら》きがあるのだ。

「どれどれ？」

赤《あか》ずきんは、アリスのうさ耳《みみ》に自分《じぶん》の耳《みみ》をくっつけてみた。

「――本当《ほんとう》だ。あの人形《にんぎょう》から音《おと》がしてる」

「あの人形《にんぎょう》は呪《のろ》いの力《ちから》があるんじゃなくて、低周波音《ていしゅうはおん》を出《だ》しているだけ」

アリスは人形《にんぎょう》を指《ゆび》さした。

「低周波《ていしゅうは》のせいでイライラして不注意《ふちゅうい》になって、いつもは簡単《かんたん》にできることでも失敗《しっぱい》するようにグレーテルさんはなった。その上《うえ》、低周波《ていしゅうは》には人《ひと》を不安《ふあん》にする効果《こうか》もあるから、何《なん》でもないことをみんな呪《のろ》いに結《むす》びつけてしまった。たぶん、発信機《はっしんき》も仕掛《しか》けられていると思《おも》う。グレーテルさんがいる場所《ばしょ》が常《つね》に分《わ》かるように」

計太《けいた》との電話《でんわ》での会話《かいわ》がヒントとなったのだが、どうやら当《あ》たりだったようである。

「そう言《い》えば――」

P《ピー》・P《ピー》・ジュニアがふと思《おも》い出《だ》したように説明《せつめい》を付《つ》け加《くわ》えた。

「あの人形《にんぎょう》が450年前《ねんまえ》に作《つく》られたなんて大嘘《おおうそ》ですね。考《かんが》えてみたら、ビスク・ドールが作《つく》られるようになったのは19世紀《せいき》。メアリー女王《じょおう》の頃《ころ》にあったはずがないですから」

「……姉《ねえ》さん、簡単《かんたん》にだまされて」

ヘンゼルは深《ふか》いため息《いき》をついた。

「はい、正解《せいかい》です」

ドロッセルマイヤーはニッコリと笑《わら》い、ゆっくり拍手《はくしゅ》してみせた。

「でも、捨《す》てても戻《もど》ってきたという話《はなし》でしょ？　それは何《なん》で？」

不思議《ふしぎ》に思《おも》ったのか、赤《あか》ずきんが尋《たず》ねる。

「ドロッセルマイヤーさんがふたりをずっと監視《かんし》してて、捨《す》てるたびに元《もと》のところに戻《もど》していたのだと」

アリスは推理《すいり》する。

「それも正解《せいかい》です。いや～、呪《のろ》いを完全《かんぜん》に信《しん》じてもらうまで、がんばりましたよ」

ドロッセルマイヤーはまたも拍手《はくしゅ》した。

「ついでに白状《はくじょう》しましょう。飛行機《ひこうき》のエンジンに細工《さいく》をして、不時着《ふじちゃく》するようにしたのも私《わたし》。さっき、扉《とびら》に触《さわ》ると感電《かんでん》するようにしたのも私《わたし》です」

「私《わたし》の料理《りょうり》が不評《ふひょう》だったのも、あなたのせいですのね!?」

リリカがにらむ。

「それはしていません」

単《たん》なる不幸《ふこう》な事故《じこ》だったようだ。

「やっぱり、呪《のろ》いはないんですよ。分《わ》かりましたか、グレーテル？」

P《ピー》・P《ピー》・ジュニアが怪盗姉弟《かいとうしてい》の姉《あね》の方《ほう》を見《み》た。

すると。

「……ふふ……ふふふ……犯罪芸術家《クリミナル・アーティスト》グレーテル、ふっかああああああ〜つっ！」

グレーテルはこぶしを握《にぎ》りしめて立《た》ち上《あ》がった。

BGM《ビージーエム》にゴゴゴ〜という音《おと》が聞《き》こえそうな感《かん》じだ。

「呪《のろ》いがニセモノと分《わ》かれば、怖《こわ》いものはぬわあああ〜いっ！」

実《じつ》にイヤな感《かん》じの復活《ふっかつ》である。

「姉《ねえ》さん！」

ヘンゼルが姉《あね》の元《もと》に駆《か》け寄《よ》る。

「怪盗姉弟《かいとうしてい》ヘンゼルとグレーテル、豪華絢爛《ごうかけんらん》、華麗《かれい》に参上《さんじょう》！　私《わたし》たちに盗《ぬす》めないものはあんまりない！」

ふたりは背中合《せなかあ》わせに立《た》って、決《き》めポーズを取《と》った。

「覚悟《かくご》するのね、ドロッセルマイヤー！　今《いま》まであんたにされたこと、倍《ばい》にして返《かえ》してやる！」

グレーテルはビシッと人差《ひとさ》し指《ゆび》をドロッセルマイヤーに突《つ》きつけた。

ところが——。

「まあ、バレても同《おな》じことです」

ドロッセルマイヤーは肩《かた》をすくめた。

「これから先《さき》もあなたが私《わたし》の部下《ぶか》になるまで、私《わたし》は地味《じみ》〜にこつこつと、あなたに意地悪《いじわる》しますから」

「うぐっ！」

グレーテルの顔《かお》が強《こわ》ばる。

「まあ、正直《しょうじき》なところ、グレーテルはあんまりかわいそうだとは思《おも》わないのですが——」

P《ピー》・P《ピー》・ジュニアはドロッセルマイヤーの正面《しょうめん》に立《た》った。

「意地悪《いじわる》とかイジメは、大《だい》っ嫌《きら》いなんですよ！」

P《ピー》・P《ピー》・ジュニアはホイッスル——運動会《うんどうかい》などで使《つか》う笛《ふえ》——を取《と》り出《だ》して、ピーッと思《おも》い切《き》り吹《ふ》いた。

すると。

「なあに？」

「用事《ようじ》？」

「任務《にんむ》？」

「お仕事《しごと》？」

「お仕事大好《しごとだいす》き！」

小《ちい》さなペンギンが合《あ》わせて11羽《わ》、探偵社《たんていしゃ》になだれ込《こ》んできた。

「な、何《なん》ですか、このちっこい鳥《とり》さんたちは？」

ドロッセルマイヤーは身《み》の危険《きけん》を感《かん》じて後《あと》ずさる。

「コガタペンギンのフェアリーズ。私《わたし》の後輩《こうはい》、探偵社《たんていしゃ》の研修生《けんしゅうせい》です」

アリスは説明《せつめい》した。

「アリス！」

「アリスもいる！」

「アリス・リドル！」

「リドルの方《ほう》！」

「リリカちゃんも！」

「リリカちゃん好《す》き！」

フェアリーズは探偵社中《たんていしゃじゅう》を走《はし》り回《まわ》る。

「あ〜、研修生諸君《けんしゅうせいしょくん》」

P《ピー》・P《ピー》・ジュニアはフェアリーズに声《こえ》をかけた。

「そこのおじさんと楽《たの》しく遊《あそ》んであげなさい」

P《ピー》・P《ピー》・ジュニアのヒレは、ドロッセルマイヤーを指《さ》している。

「いいの⁉」

フェアリーズはキラリンとつぶらな瞳《ひとみ》を輝《かがや》かせた。

アリスは知《し》っている。

瞳《ひとみ》を輝《かがや》かせたフェアリーズが、どんな悪党《あくとう》よりも危険《きけん》なことを。

「いいなら遊《あそ》ぶ！」

「何《なに》して遊《あそ》ぶ⁉」

「何《なに》しよ⁉」

「鬼《おに》ごっこ⁉」

「かくれんぼ！」

「探偵《たんてい》ごっこ！」

「タンテーはごっこじゃないよ！」

「僕《ぼく》たちタンテー！」

「本物《ほんもの》のタンテー！」

「タンテーは悪人《あくにん》をやっつける！」

「やっつけろーっ！」

フェアリーズは一斉《いっせい》にドロッセルマイヤーに飛《と》びかかった。

「たたたたたっ！　何《なに》するんです、このちびっ子《こ》たちは！」

クチバシでつつかれ、噛《か》みつかれ、ヒレでペチペチ叩《たた》かれたドロッセルマイヤーは悲鳴《ひめい》を上《あ》げる。

「おやめなさい、君《きみ》たち！　悪《わる》い子《こ》だ！」

「悪《わる》い子《こ》じゃない！」

「やめない！」

「P《ピー》・P《ピー》・ジュニアがいいって言《い》った！」

「P《ピー》・P《ピー》・ジュニア、偉《えら》い！」

「P《ピー》・P《ピー》・ジュニア、そこそこ偉《えら》い！」

「P《ピー》・P《ピー》・ジュニア、偉《えら》いかも」

「P《ピー》・P《ピー》・ジュニア、偉《えら》いの？」

「……どうだろ？」

遊《あそ》びながら、顔《かお》を見合《みあ》わせるフェアリーズ。

「うにゅ〜、私《わたし》、あんまり尊敬《そんけい》されてないようです」

P《ピー》・P《ピー》・ジュニアは複雑《ふくざつ》な表情《ひょうじょう》を浮《う》かべた。

「へ、ヘルプ・ミ〜！」

フェアリーズは遊《あそ》んでいるつもりでも、ドロッセルマイヤーはもうボロボロである。

「降参《こうさん》です！　私《わたし》の負《ま》けでいいです！」

「負《ま》けで……いい？　ふう～ん？」

P《ピー》・P《ピー》・ジュニアは、ゆっくりとドロッセルマイヤーの言葉《ことば》をくり返《かえ》した。

「ごめんなさい、負《ま》けです！」

ドロッセルマイヤーは、今度《こんど》は素直《すなお》に認《みと》める。

「もう、嫌《いや》がらせはしませんね？」

「はい、しません！」

「グレーテルとヘンゼルを、部下《ぶか》にしようともしませんね？」

「しませ～ん！」

「誓《ちか》いますか？」

「誓《ちか》います！」

ドロッセルマイヤーは泣《な》きそうだ。

「よろしい」

P《ピー》・P《ピー》・ジュニアは、またホイッスルを鳴《な》らした。

「お遊《あそ》び、しゅうりょ〜！　はい、そのおじさんから離《はな》れて」

フェアリーズは動《うご》きを止《と》める。

「終《お》わり？」

「もう終《お》わり？」

「ちょっと物足《ものた》りない」

「でも終《お》わり」

「任務完了《ミッション・コンプリ〜ト》」

ヒレでお互《たが》いにハイタッチをしたフェアリーズは、床《ゆか》にひっくり返《かえ》っているドロッセルマイヤーの上《うえ》から下《お》りると、ピョンピョン飛《と》び跳《は》ねながら帰《かえ》っていった。

「大丈夫《だいじょうぶ》？」

アリスはドロッセルマイヤーの手《て》を握《にぎ》って引《ひ》き起《お》こす。

「ありがとう、お嬢《フロイライン》さん」

ドロッセルマイヤーは涙《なみだ》ぐんだ。

「あなたの優《やさ》しさに触《ふ》れて私《わたし》は改心《かいしん》しましたよ。これからは自分《じぶん》の欲《ほ》しいものは人《ひと》を頼《たよ》らず、自分《じぶん》で盗《ぬす》むことにしますね」

ぜんぜん、改心《かいしん》になっていない。

「そうそう――」

ドロッセルマイヤーは怪盗姉弟《かいとうしてい》の方《ほう》を振《ふ》り返《かえ》る。

「グレーテルさん、あの呪《のろ》いの人形《にんぎょう》はあなたにプレゼントします。可愛《かわい》がってやってください ね」

「いるか～っ！」

グレーテルは窓《まど》を開《あ》けると、呪《のろ》いの人形《にんぎょう》を外《そと》に放《ほう》り投《な》げた。

「もったいないことをしますね～。本当《ほんとう》に呪《のろ》われちゃったり？」

ドロッセルマイヤーは口元《くちもと》に手《て》を当《あ》てて、プッと笑《わら》う。

「ま、ま、ま、まさか⁉」

まだちょっぴり呪《のろ》いを信《しん》じているのか、グレーテルは凍《こお》りついた。

「では、みなさん、ごきげんよ～！」

大騒《おおさわ》ぎを引《ひ》き起《お》こしたドロッセルマイヤーは、軽《かる》い足取《あしど》りで帰《かえ》っていった。

「待《ま》ちなさい！　ほんとに呪《のろ》いはもうないんでしょうね！　答《こた》えなさいって！」

ドロッセルマイヤーを追《お》いかけ、グレーテルが飛《と》び出《だ》していく。

「待《ま》ってよ、姉《ねえ》さん！」

姉《あね》に続《つづ》こうとするヘンゼルが、扉《とびら》のところでアリスたちを振《ふ》り返《かえ》った。

「――あの、今回《こんかい》はありがとうございました」

「気《き》にすることはありませんよ。まあ、次《つぎ》はまた敵味方《てきみかた》ですが」

P《ピー》・P《ピー》・ジュニアがウインクする。

「はい！」

ヘンゼルはさわやかな笑《え》みを見《み》せると、探偵社《たんていしゃ》を後《あと》にした。

「あたしからもありがとね、ペンちゃん」

赤《あか》ずきんがしゃがんでP《ピー》・P《ピー》・ジュニアを抱《だ》きしめる。

「やっぱ最高《さいこう》の探偵《たんてい》だね！」

「ほんとのことを言《い》っても、褒《ほ》めたことにはなりませんよ」

そっぽを向《む》きながらも、P《ピー》・P《ピー》・ジュニアはニヘ〜ッとだらしない顔《かお》になっていた。

「あなたも――」

アリスは赤《あか》ずきんの手《て》を握《にぎ》る。

「とっても、友《とも》だち思《おも》い」

「まあ、私《わたし》には負《ま》けますけれど――」

そう胸《むね》を張《は》ったリリカが、チラリと時計《とけい》を見《み》た。

「そろそろ、お昼《ひる》になりますけれど、またこの私《わたし》がアメージングなランチを作《つく》って差《さ》し上《あ》げましょうか？」

リリカは指《ゆび》をパチンと鳴《な》らし、執事《しつじ》とメイドを呼《よ》ぼうとする。

「外《そと》に食《た》べに行《い》きましょう！」

アリスたちの意見《いけん》は見事《みごと》に一致《いっち》した。


後日《ごじつ》。

計太《けいた》が体調《たいちょう》を崩《くず》した原因《げんいん》が判明《はんめい》した。

低周波《ていしゅうは》ではなく、やっぱり前日《ぜんじつ》にリリカの料理《りょうり》を試食《ししょく》させられたせいだった。

もちろん、アリス、赤《あか》ずきん、それにP《ピー》・P《ピー》・ジュニアも、事件《じけん》の翌日《よくじつ》は寝込《ねこ》んでいた。

たぶん、グレーテルとヘンゼルも同《おな》じ目《め》にあっているはず。

入院《にゅういん》せずに済《す》んだのが奇跡《きせき》、とまでアリスたちは医者《いしゃ》に呆《あき》れられた。

それでもまだ、アリスは軽《かる》い方《ほう》。

「の、呪《のろ》いが～！」

何故《なぜ》かとりわけ不幸《ふこう》に見舞《みま》われたP《ピー》・P《ピー》・ジュニアは、真《ま》っ青《さお》になってうなされ、一日《いちにち》中《じゅう》ベッドの上《うえ》でうなり続《つづ》けるのだった。

明日《あした》もがんばれ！ 怪盗《かいとう》赤《あか》ずきん！ その7

「うん! いいことしたあとは気持《きも》ちいいよね～」

呪《のろ》いの人形《にんぎょう》事件《じけん》が解決《かいけつ》した日《ひ》の夕方《ゆうがた》。

アパートに帰《かえ》った赤《あか》ずきんは、うれしそうに狼《おおかみ》に報告《ほうこく》した。

「きっと明日《あした》、学校《がっこう》でいいことあるよね?　例《たと》えば～、
テストで100点《てん》取《と》ったり、ミス森之奥高校《もりのおくこうこう》に選《えら》ばれたり、1億円《おくえん》拾《ひろ》ったりとか?」

赤《あか》ずきんの瞳《ひとみ》は期待《きたい》に輝《かがや》く。

「授業中《じゅぎょうちゅう》、居眠《いねむ》りばっかの奴《やつ》が100点《てん》取《と》れるかよ?
ミス森之奥高校《もりのおくこうこう》に選《えら》ばれるとすりゃあ、それこそミスだし、
1億円《おくえん》っていったら約《やく》10キロだぞ、10キロ! んなもんが道《みち》ばたに落《お》ちてるかよ?」

オオカミはあきれたように首《くび》を振《ふ》る。

「むうっ、夢《ゆめ》がないんだから!　で、あんたは今日《きょう》、何《なに》してたのよ?」

赤《あか》ずきんは唇《くちびる》を尖《とが》らせて尋《たず》ねる。

「そうそう。まあ、見《み》てくれ」

狼《おおかみ》はしっぽを振《ふ》ると、部屋《へや》の奥《おく》から何《なに》かをくわえて戻《もど》ってきた。

「駅前《えきまえ》を散歩《さんぽ》してたら、こいつが空《そら》から降《ふ》ってきやがったんだ。
可愛《かわい》いだろ、お前《まえ》にやるよ」

「ま、まさか、これって!?」

オオカミが差《さ》し出《だ》したのは、
グレーテルが探偵社《たんていしゃ》の窓《まど》から投《な》げ捨《す》てた人形《にんぎょう》。

あの、呪《のろ》いの西洋人形《せいようにんぎょう》だった。

人形《にんぎょう》の目《め》が、赤《あか》ずきんを見《み》つめ返《かえ》し、キラリと怪《あや》しく光《ひか》る。

まるで、これからよろしく、とでもいうように。

「呪《のろ》われるのは、嫌《いや》あああああああああっ!」

赤《あか》ずきんの悲鳴《ひめい》は、アパート中《じゅう》にとどろいた。

Shogakukan Junior Bunko

★小学館ジュニア文庫★
華麗なる探偵アリス&ペンギン
ミステリアス・ナイト

2016年 7 月25日　初版第１刷発行

著者／南房秀久
イラスト／あるや

発行人／立川義剛
編集人／吉田憲生
編集／山口久美子

発行所／株式会社　小学館
〒101-8001　東京都千代田区一ツ橋２−３−１
電話　編集　03-3230-5105
販売　03-5281-3555

印刷・製本／加藤製版印刷株式会社

デザイン／佐藤千恵＋ベイブリッジ・スタジオ

Printed in Japan　ISBN 978-4-09-230878-7

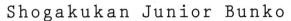